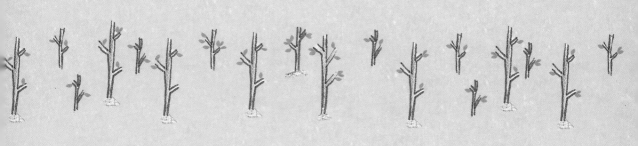

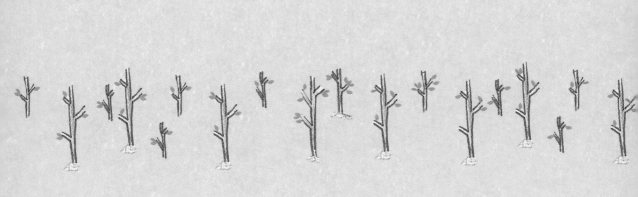

괜찮아, 우리 지구!

점점 나빠지는 지구 환경이 걱정되나요?
그럼, 우리 같이 '오늘' 할 수 있는 일을 해 봐요.
작은 노력이 모이면 '내일'의 지구는 괜찮을 거예요.
– 오늘

괜찮아, 우리 지구!

초판 1쇄 발행 2024년 11월 25일

글 오늘 | **그림** 윤봉선

펴낸이 도승철 | **펴낸곳** 밝은미래 | **등록** 2005년 5월 2일 (제105-14-87935호)
주소 경기도 파주시 회동길 349 3층 | **전화** 031-955-9550 | **팩스** 031-955-9555
홈페이지 http://www.bmirae.com | **인스타그램** @balgeunmirae1
편집 송재우 | **디자인** 권영진 | **마케팅** 김경훈 | **경영지원** 강정희

ISBN 978-89-6546-712-0 74800
© 오늘, 윤봉선, 2024

※ 공통안전기준 표시사항   ① 품명 : 도서   ② 제조자명 : 밝은미래   ③ 주소 : 경기도 파주시 회동길 349
④ 연락처 : 031-955-9550   ⑤ 최초 제조년월 : 2024년 11월   ⑥ 제조국 : 대한민국   ⑦ 사용연령 : 8세 이상

괜찮아, 우리 지구!

글 오늘 | 그림 윤봉선

밝은미래

장그린

미래빌라 201호에 살지만 1년에 300일은 여행 중인 자유 영혼. 이번에도 갑자기 나타나 희한한 물건을 잔뜩 늘어놓더니 아이들과 환경 클럽을 만들고, 자신이 그린짱이 된다.

최강

미래빌라 삼총사 중 가장 잡학다식하지만 모든 일에 시니컬하다. 세상은 점점 나빠지고 있다고 믿으며, 이름을 걸고 '최강 멸망론'을 전파 중이다. 환경 이야기를 할 때도 고개를 절레절레 저으며 비관적 전망을 하곤 한다.

손바다

미래빌라 삼총사 중 귀찮음을 맡고 있다. 어떤 제안을 해도 어깨를 으쓱하며 시큰둥한 반응일 때가 많다. 하지만 궁금한 건 많고, 팔랑귀라서 솔깃한 이야기를 듣거나 신이 나면 가장 빨리 받아들인다.

나하늘

미래빌라 삼총사 중 현실적 대안을 가장 많이 낸다. 모든 일에 적극적이고 좋은 면을 찾아보려고 노력한다. 그래서 최강과 부딪힐 때가 많다. 손가락을 저으며 아니야, 하고 반론하기를 좋아한다.

환경 클럽의 탄생

환경 클럽 # 그린짱 # 구닥다리 물건의 정체

"어? 여기 누가 이사 왔나 봐."

바다가 호기심에 미래빌라 1층을 향해 쏜살같이 달려갔다. 한동안 비어 있던 곳에 누군가 이사를 오는 모양이다. 문이 활짝 열려 있고, 그 앞에는 상자가 여러 개 쌓여 있었다.

"쯧, 이런 골목 안에 있는 가게를 누가 찾아올까? 분명 한 달 안에 망한다, 망해."

모든 일에 멸망론을 갖다 붙이길 좋아하는 강이가 혀를 찼다.

유리창에 얼굴을 들이대며 가게 안을 보던 바다가 말했다.

"누군가 청소를 하는 것 같아."

바다의 말에 강이와 하늘이도 쪼르르 다가와 유리창에 얼굴을 들이댔다. 뒷모습이 왠지 익숙했다. 그때 청소를 하던 그 누군가가 뒤를 휙 돌아보았다.

"어, 그린 언니다!"

하늘이가 소리쳤다.

"누나, 이제 완전히 귀국한 거야?"

바다도 연이어 물었다.

"그러겠냐? 또 몇 달 있다가 휙 떠나겠지. 맞지?"

강이가 퉁명스레 말했다.

아이들의 쏟아지는 질문에 장그린은 가게 청소를 멈추고 싱긋 웃었다.

"오랜만이야, 삼총사. 인사도 없이 질문 폭탄만 던지기야? 어제 왔어. 아니지, 완전히 온 건 아니고, 그렇다고 당장 휙 떠나진 않을 거야."

아이들은 그 말에 환호성을 질렀다.

최강, 나하늘, 손바다는 유치원 때부터 미래빌라에서 살았다. 미래빌라 이웃인 장그린은 세 아이를 삼총사라 부르며 귀여워했다. 아이들도 장그린을 많이 따랐다. 장그린을 쫓아다니면 신나는 일이 생기곤 했다. 그런데 몇 년 전부터 세계 곳곳을 여행한다며 장그린은 집을 자주 비우곤 했다. 그래도 올 때마다 희한한 물건이며 재미있는 이야기를 잔뜩 풀어 놓아서, 아이들은 늘 장그린이 반가웠다.

"근데 여기에서 뭐 하는 거야? 저 앞에 박스는 다 뭔데?"

강이가 박스를 보며 물었다.

아이들은 장그린과 나이 차이는 있지만 어릴 때부터 워낙 친하게 지냈다. 장그린도 '글로벌하게 우린 모두 친구.'라며 삼총사와 허물없이 말을 텄다.

장그린은 청소를 멈추고 테이블을 가리켰다. 아이들은 얼른 테이블 앞 의자에 앉았다.

"정리를 다 한 뒤에 너희를 부를 생각이었는데, 먼저 찾아오다니! 역시 우리는 마음이 통하나 봐. 내가 이번에 신기한 것들을 많이 가져왔거든. 너희랑 아주 재미있는 걸 해 보려고."

장그린이 비밀을 풀어 놓듯 소곤거렸다. 아이들은 재미있는 것이란 말에 귀가 솔깃했다.

괜찮아, 우리 지구!

"뭔데, 언니? 빨리 말해 줘."

하늘이가 못 참고 재촉했다.

"음, 내가 환경 클럽을 열 거야. 너희는 1기 회원이 되는 거지. 여기가 우리 아지트고. 앞으로 함께 환경 공부도 하고, 체험도 하면서 지구를 지켜 나가는 거야, 어때? 물론 너희 부모님께는 이미 다 허락을 받았어."

"쳇, 결국 또 공부. 누나도 다른 어른들과 똑같네."

바다가 투덜거렸다.

"환경? 물 아껴 쓰기, 전기 절약하기 그런 거? 누나, 그런 거는 학교에서도 많이 배웠어."

강이도 따분한 표정을 지었다.

"그런 지루한 공부가 아니야. 체험을 하며 지구를 지키는 살아 있는 공부를 할 거야. 그걸 위해 특별한 물건을 엄청 많이 구해 왔다니까. 밖에 있는 저 박스들, 궁금하지 않아?"

장그린의 손짓에 아이들은 홀린 듯 밖으로 나갔다. 그러고는 박스를 하나씩 들고 들어와 풀었다.

"와, 이 시계 희한하네."

"으, 이건 뭐야? 완전 고물이잖아."

"고장 난 거 아니야?"

바다가 아직 정리가 덜 된 상자에서 구닥다리 컴퓨터 모니터처럼 생긴 기계를 꺼내 살폈다.

"어, 그거 아주 중요한 물건이야. 함부로 다루면 안 돼."

장그린은 바다 손에 있는 기계를 다시 돌려받으며 말했다.

"뭔데, 누나?"

"뭔데, 언니?"

바다와 하늘이가 동시에 소리쳤지만 장그린은 입에 검지를 갖다 대며 말했다.

"정체는 나중에 알게 될 거야. 지금은 비밀!"

"쳇, 별거 아닌 게 뻔해."

강이의 투덜거림이 또 시작이다.

장그린은 아이들의 이어지는 물음에 대답하며 앞으로 이 물건들이 아주 유용하게 쓰일 거라고 했다. 그러더니 손뼉을 짝짝 치고는 아이들을 집중시켰다.

"얘들아, 이제부터는 나를 그린짱이라고 불러. 우리 같이 환경 클럽을 할 건데, 내가 장이고, 너희가 회원. 알겠지?"

아이들은 "응, 응." 건성으로 대답하며 박스에서 꺼낸 물건을 살펴보기 바빴다. 장그린은 그런 아이들을 보고 싱긋 웃었다.

미션 1
미세먼지

미세먼지 체험관 # 스모그 # 맑은 하늘을 돌려 줘!

아이들이 입을 댓 발 내밀고 환경 클럽 문을 열었다.

"누나, 아니 그린짱, 완전 나 화났어."

바다가 투덜대며 책가방을 내동댕이쳤다.

"정말 미세먼지 때문에 되는 게 없어! 망했어, 다 망했다고! 사람도 동물도 모두 멸종하고 말 거야."

뒤따라 들어오던 강이가 침을 튀기며 투덜거렸다.

"아니야, 최강! 너는 마스크도 안 쓰고 아무 노력도 안 하고 투덜거리기만 계속할 거냐고!"

하늘이가 얼굴을 찌푸리고 버릇처럼 손을 저었다.

"우리 같은 어린이가 노력할 게 있냐? 어른들이 애초에 미세먼지를 만들지 말았어야지."

괜찮아, 우리 지구!

바다가 시큰둥하게 말했다.

"미세먼지는 다 옆 나라 중국 때문이야. 우리가 아무리 노력해도 없앨 수가 없다고! 계속 날아온다고!"

강이가 고개를 절레절레 저었다.

며칠 전부터 아이들은 날마다 날씨 예보를 확인하고 조마조마해하며 소풍날을 기다렸다. 하지만 또 봄 소풍이 취소되고 말았다. 몇 년 전 코로나19로 체험 학습이 다 취소되었다가 작년에 겨우 한 번 다녀왔는데 또 취소되고 말았다. 다른 점이 있다면, 올해는 미세먼지 때문이라는 것이다. 뭐, 어느 쪽이나 마스크를 써야 한다는 건 똑같지만.

"중국에서 발생한 미세먼지가 우리나라 쪽으로 부는 바람을 타고 더 많이 이동하는 건 맞아. 겨울이면 중국의 난방 때문에 미세먼지 농도가 심해지기도 하고. 그렇지만 정말 중국 때문만일까? 미세먼지는 어떻게 생겨날까?"

그린짱의 질문에 아이들은 자동차 매연이다, 공장 굴뚝이 더 문제다 옥신각신하며 서로 아는 지식을 뽐냈다. 실제로 전 세계적으로 코로나19가 유행하면서 항공기 운항이 중지되고, 사람들의 활동이 줄어들면서 미세먼지도 함께 줄어들어 맑은 하늘을 자주 만난

적도 있었다.

"그래, 우리 환경 클럽 첫 번째 미션을 '미세먼지 파헤치기'로 정하자. 지난번에 본 영화 기억나지? 먼지에 뒤덮인 지구를 떠나 우주로 간 사람들 이야기. 그게 상상이 아닌 현실이 된다면 어떨까?"

"으, 그럼 외출할 때 그 영화에서처럼 방독면 같은 걸 써야 한다고? 마스크도 지겨웠는데."

얼굴을 찡그리는 바다의 말에 하늘이가 농담을 던졌다.

"내 마음처럼 깨끗한 하늘은 더 이상 볼 수 없겠네!"

하지만 하늘이의 농담은 강이의 말에 바로 묻혀 버렸다.

"그것보다 초미세먼지는 피부 속까지 파고드는 게 더 문제야. 엄청 위험하다고! 눈에 들어가면 따갑고 간지럽지, 코로 들어가면 재채기와 콧물이 나는데 나처럼 비염이 있으면 엄청 심해. 기관지나 폐로 들어가면 더 위험해진대. 죽을 수도 있다고."

그린짱은 강이의 말이 끝나자마자 덧붙였다.

"다 맞는 말이지만, 그렇게 좌절하지 않아도 돼. 우리나라는 물론 세계 여러 나라에서 미세먼지를 줄이는 방법을 찾고 있거든. 화력 발전소 대신 친환경 에너지로 전기를 만들고, 일회용품 사용을 규제하고, 자동차 배출가스를 줄이기 위한 정책을 마련하고 있지."

"아, 그래서 우리 집 차에도 매연 줄이는 장치를 달았어. 오래된 경유차는 배기가스가 너무 많이 나와서 이제 서울 같은 큰 도시에서는 돌아다니지 못한대. 어기면 벌금도 내야 하고. 그래서 경유차를 폐차하거나 매연을 줄이는 장치를 달면 보조금 주는 거래. 그린짱, 맞지?"

강이가 아는 척하자, 그린짱이 엄지를 치켜세우며 말했다.

"오, 강이 제법인데? 역시 환경 클럽 멤버 자격이 있어! 그 제도가 시행된 이후로 경유차가 많이 줄고는 있어. 그뿐만 아니라 전기 자동차나 수소 자동차처럼 화석 연료를 쓰지 않는 친환경 자동차를 선택하는 사람들이 늘었지. 보여 줄 게 있으니까 따라 와."

그린짱이 아이들을 데리고 곧장 주차장 쪽으로 가더니 어떤 차 앞에 섰다. 바다가 후닥닥 달려가 차창에 얼굴을 들이댔다.

"어? 못 보던 차다. 이거 전기차 같은데, 그린짱 거야?"

"맞아. 나도 미세먼지 줄이는 데 동참하려고 이 차를 샀지. 전기를 사용하는 전기 자동차나 수소 에너지로 달리는 수소 자동차는 화석 연료를 사용하지 않아서 매연 발생이 적고, 연료비도 적게 들어. 토요일에 이걸 타고 미세먼지를 팍팍 파헤치러 갈 거야."

"아, 오늘 월요일인데 언제 기다려?"

"지금 타 보면 안 돼?"

"동네 한 바퀴만 돌자!"

삼총사가 한마디씩 했다.

"좋아! 환경 클럽 회원들 부탁이라면. 오케이! 자, 타!"

그린짱은 삼총사를 태우고 가까운 전기차 충전소로 드라이브를 했다. 처음 타 보는 전기차에, 신기한 충전소에 아이들은 취소된 봄 소풍도 잊고 신나 했다.

TIP 1   미세먼지란 무엇인가요?

먼지는 공기 중에 떠다니는 고체 물질이에요. 미세먼지는 먼지 중에서도 눈에 보이지 않을 정도로 아주 작은 먼지를 말하지요. 먼지를 나타내는 단위는 마이크로미터(㎛)로 표시해요. 먼지가 보통 우리 머리카락 굵기 정도인 50㎛라면 미세먼지는 10㎛, 초미세먼지는 2.5㎛예요. 그렇게 표시하는 까닭은 우리가 숨을 쉴 때 코나 입으로 들어가는 먼지 알갱이 중에서 폐까지 가는 크기가 10㎛이기 때문이에요. 그보다 더 큰 알갱이는 콧속의 코털, 입속의 점막이 걸러 주지만, 그보다 더 작은 알갱이는 우리 몸속으로 들어간답니다. 미세먼지 예보를 할 때, 미세먼지는 PM10, 초미세먼지는 PM2.5로 표시해요.

* 지름 기준임.

드디어 토요일. 아이들은 전기차를 타고 떠나는 첫 체험에 들떠 있었다. 하지만 오늘도 미세먼지는 '매우 나쁨'이라 모두 마스크를 쓰고 나올 수밖에 없었다.

"최강, 마스크 그렇게 턱에 걸치면 안 되거든?"

"답답한데 어떡해. 차 안이니까 괜찮아. 코까지 막으면 숨 막혀."

강이는 하늘이 말에 손사래를 쳤다. 하늘이는 고개를 돌려 바다에게도 한마디 했다.

"손바다, 마스크 자꾸 손으로 만지면 세균이 묻어서 병 걸린다고. 코까지 덮고 있어야지."

"알아, 안다고."

바다와 강이가 한목소리로 외쳤다. 코로나19가 유행할 때 날마다 마스크를 쓴 덕에 아이들은 이미 올바른 마스크 착용 방법을 잘 알았다.

삼총사가 서로 아옹다옹하는 사이 미세먼지 체험관에 도착했다. 삼총사는 눈을 떼지 못하고 전시관을 둘러보았다.

"물건이나 옷이 낡아서 부스러지는 것도 먼지고, 사람이나 동물의 피부나 털에서도 먼지가 발생한대."

하늘이가 말했다.

"공장에서 물건을 만들 때나 쓰레기를 태울 때도 먼지가 많이 발생한다는데."

반대쪽 그림을 보던 바다도 한마디 덧붙였다.

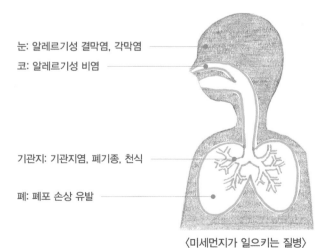

TIP 2 미세먼지는 왜 위험한가요?

우리가 숨을 쉴 때 들이마시는 공기 속 먼지 알갱이는 콧속의 코털, 입속의 점막이 걸러 줘요. 먼지와 콧물이 만나 코딱지가 되어 몸 밖으로 나오기도 하고, 입속에 들어간 먼지는 기침을 하며 나오기도 해요. 하지만 미세먼지와 초미세먼지는 우리 몸속으로 들어가 혈관을 타고 돌아다니거나 신경 곳곳까지 파고들어 병을 일으켜요.
세계보건기구(WTO)는 미세먼지를 1급 발암 물질, 즉 암을 일으키는 가장 위험한 물질 중 하나라고 지정했어요. 특히 미세먼지는 어린이나 노인, 면역력이 약한 사람에게 더 위험해요.

눈: 알레르기성 결막염, 각막염
코: 알레르기성 비염

기관지: 기관지염, 폐기종, 천식

폐: 폐포 손상 유발

〈미세먼지가 일으키는 질병〉

"지난번에 이야기한 것처럼 교통수단을 이용할 때 나오는 매연도 미세먼지의 주범이지. 하늘이가 말한 먼지는 자연이나 생활에서 자연스럽게 생기는 미세먼지야. 하지만 바다가 말한 먼지는 사람이 편리하게 살면서 생기는 미세먼지야. 쉽게 없어지지도 않고, 사람의 몸에 나쁜 영향을 주는 무서운 것이지."

그린짱이 체험관에 있는 집 안 모형을 보면서 버튼을 누르자 모형 곳곳에 빨간불이 들어오고, 안내 음성이 나왔다.

생선을 굽거나 튀길 때 연기에서 미세먼지와 유해 물질이 발생해요.

진공청소기는 큰 먼지를 빨아들이고 미세먼지를 방출해요. 진공청소기마다 미세먼지 방출량이 쓰여 있어요.

"요리할 때 가스에서 나오는 일산화탄소, 이산화질소, 포름알데히드 같은 해로운 물질은 물론이고, 고기나 생선을 굽고, 기름에 튀길 때 나오는 연기에서도 몸에 해로운 물질이 나와요. 헤어드라이어나 진공청소기처럼 모터가 들어 있는 전기 제품을 사용할 때도 미세먼지가 뿜어져 나와요.

　따라서 음식을 조리할 때는 환풍기를 켜고 창문을 열어서 환기하고, 청소하기 전에도 꼭 창문을 열어야 해요. 특히 진공청소기를 돌

헤어드라이어는 외부 공기를
빨아들여 방출하는데,
이때 미세먼지도 한꺼번에 배출해요.

요리할 때 가스에서 미세먼지와
각종 오염 물질이 방출되는데,
이것이 폐암 등을 일으키는
원인이 된다고 해요.

릴 때 공중에 날린 먼지가 몸에 들어가게 되므로 마스크를 쓰거나 공기 중에 미리 물을 뿌리고 사용하는 게 좋아요. 청소 후에는 물걸레질을 꼭 해야 하고요."

"집 안에서도 미세먼지가 생긴다는 게 충격이야. 그중 부엌에서 미세먼지가 가장 많이 생기는 건 가스레인지를 쓰기 때문이네. 앞으로는 음식을 다 배달시켜 먹자고 해야겠다. 흐흐."

바다가 키득거렸다.

"으악, 온통 다 빨간불이야. 우리가 생활하는 게 다 미세먼지를 만들어 내는 거였어. 기술이 발전하면서 미세먼지가 심해진 거네. 앞으로 기술이 더 발전할 텐데, 희망이 없어. 지구는 망했어."

강이가 고개를 절레절레 저었다.

"노노, 그러니까 우리가 실천하는 게 중요하지. 대중교통을 이용하고, 실내 환기도 잘하고, 청소도 잘하고, 마스크 잘 쓰고, 물도 자주 마시고, 손 깨끗하게 씻는 것부터 말이야."

하늘이가 손가락을 좌우로 휘휘 저었다.

"하늘이 말이 맞아. 미세먼지는 언제 어디서나 발생해. 우리가 사용하는 것들 때문에 더 많이 발생하기도 하고. 미세먼지를 완전히 없애는 것은 어렵지. 그래서 마스크를 쓰는 게 중요해. 미세먼지로 인해 우리 몸을 해치면 안 되니까 말이야.

　여기 봐 봐. 마스크를 만드는 부직포는 틈이 작아서 미세먼지를 차단한대. 부직포 안쪽에 들어가는 필터는 촘촘할수록 숨쉬기가 힘들지만, 정전기를 발생하여 초미세먼지를 붙잡아 우리 몸에 들어오지 않도록 해 주고. 어때? 마스크 꼭 써야겠지?"

"그렇지만 짱 누나, 옛날처럼 공기가 좋아지는 건 아니잖아. 마스크 써 봤자 바뀌는 건 없다고."

바다의 말에 그린짱이 아이들에게 되물었다.

"얘들아, 사람이 미세먼지를 만드는 주범이지만, 또 미세먼지를 없애려고 노력하는 것도 사람이야. 너희들이 생각하는 것처럼 옛날에는 미세먼지가 없고, 공기가 깨끗하기만 했을까?"

TIP 3 　미세먼지가 심한 날은 무조건 집에 있으면 안전할까? 🔍

미세먼지 예보가 '나쁨'이나 '위험'이라면 가능한 한 외출하지 않도록 해요. 학교에 가거나 꼭 나가야 할 상황이라면 '식약처 인증 KF94 마스크'를 꼭 쓰고, 되도록 겉옷을 입어 피부를 보호하면 좋아요. 집에 돌아오면 집 밖에서 겉옷과 신발, 가방 등을 털고, 들어오자마자 옷을 갈아입고 씻어야 해요. 하지만 집에서도 미세먼지가 발생해요. 미세먼지가 심한 날은 창문을 꼭 닫고 있는 편이 좋지만, 그래도 하루 한두 번 환기하고, 물걸레질 청소를 하며 실내 공기를 관리하는 게 좋아요.

영국 런던 스모그 사건

그린짱은 아이들을 데리고 '영국 런던 스모그 사건'이라고 쓴 큰 화면 앞으로 갔다.

"언니, 스모그가 뭐야?" 하늘이가 물었다.

"스모그(smog)는 스모크(smoke, 연기)와 포그(fog, 안개)가 합쳐진 말이야. 말 그대로 공장과 가정의 굴뚝에서 나온 연기와 자동차에서 나온 매연이 안개와 뭉쳐 만들어진 거야. 지금 우리가 미세먼지라고 부르는 것과 비슷해. 저기 영상을 보렴."

곧 영상이 시작되며 어느 거리가 나왔다. 하늘이 뿌연 안개로 뒤덮여 있었고, 사람들이 입과 코를 가리고 콜록콜록 기침을 했다.

1952년 12월 4일, 영국 런던의 겨울날. 갑자기 날씨가 추워져, 집집마다 석탄 사용이 늘었다. 다음 날 낮까지도 날은 춥고 하늘은 잔뜩 흐렸다.

아휴, 추워!

석탄을 더 때야겠는걸?

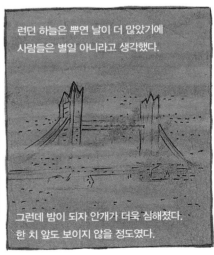

런던 하늘은 뿌연 날이 더 많았기에 사람들은 별일 아니라고 생각했다.

그런데 밤이 되자 안개가 더욱 심해졌다. 한 치 앞도 보이지 않을 정도였다.

괜찮아, 우리 지구!

그 상태가 일주일 동안 이어졌다. 사람들은 제대로 숨도 못 쉬고 시름시름 앓았다.

아휴, 추워!

아휴, 추워!

사고가 날까 봐 자동차와 열차는 운행을 멈추었다. 템스강을 오가는 배도 선착장에 발이 묶였다.

앞이 안 보여.

열차도 섰다네.

런던을 멈추게 한 원인은 스모그였다. 날씨가 갑자기 추워지면서 석탄 사용량이 늘었고, 석탄이 타면서 배출된 매연은 축축한 안개와 뭉쳤다. 게다가 바람도 불지 않아 오염된 공기가 지상에 그대로 머물러 있었다.

1953년, 영국 정부는 대기오염방지법을 만들었다. 가정의 난방 연료를 석탄에서 천연가스로 바꾸고, 런던 시내에서는 석탄 난방을 금지했다.

한 달도 안 되는 동안 4천 명이 넘는 사람들이 사망했다. 그 이후에도 8천 명이 더 목숨을 잃었다. 병에 걸려 오랫동안 고통받는 사람도 무척 많았다.

오염된 공기가 사람들의 목숨과 건강을 빼앗아 간 거야.

"이렇게 많은 사람이 오염된 공기 때문에 죽었다고? 좀비보다 더 무서운데."

아이들이 몸을 부들부들 떨었다.

"이때 사람들이 걱정하고 좌절했다면 지금보다 더 나빠진 공기 때문에 숨 쉬기도 어려웠을 거야. 암울한 미래를 그린 영화에서처럼 모두가 방독면을 쓰고 다녀야 했을지도 몰라. 그렇지만 런던은 스모그 사건 이후 깨끗한 공기를 위해 법을 만들었어. 한번 나빠진 공기를 깨끗하게 만드는 데는 오랜 시간이 걸리기 때문에 꾸준히 노력했고. 영국 런던처럼 공기가 나빴던 유럽의 나라들과 미국도 저마다 법을 만들어 공기가 깨끗해지도록 애썼지."

"짱 누나, 그럼 지금도 노력하면 미세먼지가 좋아질 수 있다는 거네?"

바다가 눈을 반짝였다.

"그럼! 우린 얼마든 할 수 있단다."

그린짱이 웃으며 말했다.

"언니, 우리 아빠는, 나보고 예민하다면서 매일 미세먼지 체크해 봤자 안 바뀐다고, 그건 나라에서 해결해야 하는 문제래. 심지어 마스크도 안 써. 코로나19 때는 그렇게 열심히 끼고 다니더니, 미세먼지는 다르대."

"나라에서 법을 만들어 노력하고, 세계 여러 나라가 협력하고 서로 감시하는 건 당연한 일이야. 하지만 법과 정책을 만들고 약속한다고 저절로 좋아지는 건 없어. 나 아닌 누군가가 해결해 주리라고

괜찮아, 우리 지구!

생각하면서 자신은 실천하지 않는다면 무슨 소용이 있겠니? 우리부터 주의 사항을 잘 지키고, 깨끗한 공기를 마실 권리를 주장한다면 세상은 조금씩 좋은 방향으로 변할거라고 나는 믿어."

"오늘부터 미세먼지에 난 더 예민해질래. 민감해서 조심하고 노력하는 게 나쁜 건 아니잖아!"

하늘이가 당당하게 외쳤다. 바다도 곧장 따라 했다.

"나도, 나도!"

TIP 4   어떡하면 미세먼지를 줄일 수 있을까요?

세계 여러 나라에서 미세먼지를 줄이는 방법을 찾고 있어요. 우리나라는 2019년 2월 15일부터 '미세먼지 저감 및 관리에 관한 특별법'을 시행했어요. 화력 발전소 대신 친환경 에너지로 전기를 만들고, 기업들은 전기차나 수소차처럼 화석 연료를 쓰지 않는 자동차를 개발하고 있어요. 오래된 경유차는 폐차하거나 배출가스 저감 장치를 부착하도록 하는 등 공기 오염을 예방하기 위해 노력하고 있어요.

하지만 무엇보다 중요한 건 우리의 실천이에요. 겨울에 난방을 줄이고 집 안에서 생활할 때도 내복을 입고, 어딘가 이동할 때 되도록 대중교통을 타도록 해요. 가까운 거리를 걸으면 배기가스가 그만큼 줄 거예요. 또한 황사로 인한 미세먼지를 줄이려면 사막이 늘지 않도록 나무를 심고 숲을 가꿔야 해요.

미래에는 미세먼지가 사라질까?

당연하지! 사람들의 관심과 노력만 있다면 안 되는 게 없다, 이거지! 사람들이 당장에는 불편하고 돈이 든다고 반대했지만, 각 나라마다 법을 더 강하게 만들어 시행하고, 어긴 사람에게 큰 벌금을 매겼어. 환경 단체들은 나무 심기 운동을 계속해 나갔지.

오래된 경유차는 배출가스 저감 장치를 달거나 운행을 중단했고, 새로 차를 사려는 많은 이들은 전기차나 수소차 같은 친환경 자동차를 선택했어. 나라에서는 화석 연료 발전소를 점차 줄이고 친환경 발전의 비중을 높여 나갔지. 집 안이나 사무실, 공장에서 생기는 미세먼지를 줄이기 위해서 공기 정화 시설을 더 많이 설치했어. 미세먼지가 많이 발생하는 곳에 부과하는 벌금이 강화되기도 했어.

벌금 때문에 어쩔 수 없이 지킨 공장도 있었겠지만, 하늘이 더 맑아지는 걸 싫어하는 사람은 없었지. 어떤 공장에서는 공기 정화 시설로 인해 비용이 많이 발생해서 이익이 생기지 않는다며 불만을 토로했고, 어떤 사람들은 몰래 법을 어기기도 했어. 그렇지만 또다시 예전처럼 공기 오염으로 사람이 아프거나 죽는 일은 없어야 하지 않겠냐며 많은 사람들이 목소리를 높였어. 맑은 하늘이 다시 회색빛 하늘이 되는 걸 누구도 원하지 않았거든.

이제 화창하고 푸르는 하늘 아래에서 마스크를 쓰지 않고 살아.

미션 2
쓰레기와 재활용

\# 쓰레기 산 \# 업사이클링 \# 꼭 필요한 만큼만!

휴일 아침부터 삼총사는 환경 클럽에 모였다. 현관문을 여는 순간, 그린짱의 목소리가 구석에서 들려왔다.

"자기 눈앞에서만 사라지면 쓰레기가 영영 사라지나? 쓰레기를 아무 데나 버리고, 너무하네!"

그린짱은 구시렁거리며 빌라 뒷문 쪽에서 쓰레기를 치우고 있었다. 꽃샘추위에 봄바람이 차가운데도 그린짱의 얼굴은 불타올랐다.

"그린짱, 왜 아침부터 쓰레기랑 싸워?"

"짱 누나, 그거 그냥 두면 수거해 가."

바다와 하늘이가 그린짱 옆에 쪼그리고 앉았다.

"오늘 재활용 배출일이 아닌데 쓰레기가 너무 많잖아. 그리고 멀쩡한 물건도 엄청 버리더라니까!"

"짱, 흥분하지 마. 우리 빌라 사람들이 분리배출 날짜 잘 안 지키는 거 다 알면서. 그래도 내다 놓으면 누가 가져가더라고."

바다가 포기하라며 그린짱을 설득했다.

"아니! 내가 바꿀 거야. 그리고 앞으로 우리 클럽은 리사이클링과 업사이클링 제품으로 인테리어를 할 거야. 기대하라고!"

"리사이클링은 재활용인걸 알겠는데, 업사이클링은 뭐지? 누나가 지어낸 말?"

강이의 말을 듣자마자 그린짱이 쓰레기를 정리하다 말고 벌떡 일어났다.

"업사이클링은 클럽에 들어가서 이야기해 줄게."

"짱, 오늘 일요일인데, 다음에 하시죠."

바다가 진지한 목소리로 그린짱을 말렸다.

"안 돼. 다음은 없어. 얼른 들어와."

"잘못 걸렸어." 강이도 투덜투덜했다.

투덜거리면서도 셋 다 그린짱을 따라 환경 클럽 안으로 들어갔다. 클럽 안에는 못 보던 책장이 있었다. 책장 주위엔 떼어 낸 시트지와 톱밥 가루가 어지럽게 널려 있었다. 페인트 통까지 있는 걸 보니 리사이클링을 하고 있던 모양이다.

"이거 며칠 전에 우리 집에서 버린 책장 같은데? 맞지?"

하늘이가 책장을 앞뒤로 살피며 말했다.

"맞아. 아직 쓸 만해서 주워 왔어. 페인트칠까지 다시 하면 완전 새것처럼 변신할걸?"

그린짱이 뿌듯한 얼굴로 말했다.

"쓰레기는 아무리 고쳐도 쓰레기 아닌가?"

바다가 심드렁하게 내뱉었다.

"그렇지 않아. 쓰레기의 기준은 사람마다 다르거든. 낡고 못 쓰게 되어 쓰레기라고 버려도 누군가에겐 아닐 수 있지. 다른 누군가는

괜찮아, 우리 지구!

그 쓰레기를 새로운 물건으로 만들어 낼 수 있거든."

그린짱의 말을 강이가 김빠지는 소리로 끊었다.

"그린짱, 솔직히 사람들이 재활용 제대로 잘 안 하잖아. 다들 새것을 좋아해서 버리고 사고 또 사고. 그러다 보니 쓰레기는 계속 넘쳐 나고, 쓰레기로 인해 사람들이 살 수 있는 땅은 계속 줄어들고. 결국 쓰레기로 지구가 뒤덮여 멸망하는 거라고!"

바다도 강이의 말에 고개를 끄덕이고는 말을 덧붙였다.

"근데 쓰레기는 어른들이 엄청 만들어 내지 않냐? 택배 다 엄마 아빠 거잖아. 택배 포장은 이중 삼중으로 되어 있어서 쓰레기가 어마어마해. 왜 자꾸 뭘 사는지 모르겠어. 아무것도 안 사면 쓰레기도 안 생길 텐데 말이야. 진짜 망할 거 같아."

"그 택배에 네가 쓸 물건도 있었을걸? 네가 먹은 음식 재료도 있었을 거고. 아무것도 안 사고 산다는 게 가능할까? 쓰레기가 적게 나오는 상품을 사고, 재활용 분리배출을 잘하고, 물건을 아껴 쓰도록 노력해야지."

하늘이는 바다의 말이 끝나자마자 무섭게 쏘아붙였다.

"다 맞는 말인데, 다시 쓸 수 있는 건 고쳐서 쓴다고 해도 망가진 건 버릴 수밖에 없잖아. 쓰레기는 어쩔 수 없이 계속 나온다고."

우리나라 국민 한 사람이 하루에 버리는 쓰레기양은 930g 정도이고, 평생 버리는 양은 70년을 기준으로 55톤에 이른다고 해요. 우리나라는 1995년 쓰레기 종량제를 시행한 이후 재활용 쓰레기를 분리배출하도록 하고 있어요.

재활용할 수 없는 일반 쓰레기는 보통 태우거나 땅에 묻어요. 땅에 묻는 걸 매립이라고 하는데, 이때 나오는 메탄가스로 난방 에너지를 공급하기도 해요. 불에 태워 없애는 건 소각이라고 하는데, 전기나 난방 공급을 하도록 에너지원으로 만들기도 해요. 음식물 쓰레기는 동물의 사료나 퇴비를 만들기도 해요.

쓰레기를 다시 사용하는 데는 여러 가지 방법이 있어요.

먼저 재사용이 있어요. 유리병을 예를 들면, 분리수거한 유리병을 깨끗하게 세척하고 살균하여 다시 사용하는 것이지요. 재활용은 유리병을 분쇄하여 새 유리병으로 만드는 것이에요. 리사이클링이라고도 하지요. 업사이클링은 업그레이드와 리사이클링을 합친 말이에요. 리사이클링이 원재료를 다시 사용하는 거라면, 업사이클링은 유리병을 잘라 컵을 만드는 것처럼 재료를 가공하고 디자인을 더해 더 가치 있는 제품으로 만드는 것이에요. 폐현수막으로 만든 에코백, 폐타이어로 만든 가구 등 예쁜 것들이 많이 만들어지고 있지요.

재사용

리사이클링
(재활용)

업사이클링

하늘이의 지적에도 바다는 생각을 굽히지 않았다.

아이들의 이야기를 듣고 있던 그린짱이 뭔가를 가져와 테이블 위에 올려놓았다. 옥수수 전분으로 만든 완충재와 친환경 종이 아이스 팩이었다. 또 하나는 커다란 가방이었다.

"그린짱, 이건 택배 상자에 들어 있는 물건들 같은데?"

강이가 관심을 보였다.

"맞아. 배송할 때 내용물을 보호하고 신선하게 유지하기 위해 완충재나 아이스 팩을 넣지. 그런데 이건 스티로폼과 달라. 옥수수 전분으로 만들어서 물에 녹아 없어져. 이 아이스 팩은 물을 얼린 거라서 녹은 물은 버리고, 종이는 재활용이 가능해. 누군가는 우리가 무심코 쓰고 버렸던 이런 물건들을 친환경 소재나 재활용이 가능한 소재로 만들고 있지. 또 물건을 만들 때부터 쓰레기가 적게 나오는 포장 방법을 개발하는 기업도 늘어났어."

"다행이다. 그럼 소비자도 환경을 생각하는 기업의 물건을 살 수 있는 거잖아!"

하늘이가 가슴을 쓸어내렸다. 그린짱이 빙그레 웃으며 덧붙였다.

"실제로 그런 사람들이 늘어났어. 소비자들도 점점 쓰레기 문제를 더는 모른 척하면 안 된다는 문제의식을 느끼고 있거든. 과도한 포장을 꺼리고, 재사용 가능한 장바구니 배송을 선택하며 쓰레기를 줄이려는 움직임에 동참하고 있지."

"그럼 이 가방은?"

하늘이가 마음에 들었는지 가방을 만지며 물었다.

"그건 스위스의 한 회사에서 만든 가방인데, 못 쓰게 된 방수천이나 폐차한 자동차의 안전띠 등 버려지는 소재로 만든 거야. 이번에 여행하면서 사 온 거지. 그리고 짜잔! 이 열쇠고리는 내가 전시회에서 보고 따라 만든 건데, 아버지가 안 쓰는 넥타이로 만든 거야. 어때 예쁘지?"

"아하, 이게 업사이클링이구나. 흠, 그린짱의 노력은 인정."

"강이에게 인정받으니 기쁜걸? 하지만 이건 업사이클링의 일부에 불과해. 내가 만든 것보다 더 훌륭한 업사이클링을 보여 줄게. 자, 따라 와!"

말이 나온 김에 업사이클링 박물관에 가기로 했다. 강이와 바다는 온갖 박물관과 미술관으로 체험 학습을 다니다 못해, 쓰레기 박물관까지 가게 되었다며 투덜댔다. 그러더니 금세 앞자리에 앉겠다고 실랑이를 벌이며 전기차에 올라탔다. 그린짱은 쓰레기가 다 같은 쓰레기가 아니라며 보고 나면 반할 거라며 자신만만했다.

먼저 쓰레기에 대해 알아보는 제1전시관으로 갔다. 평소 사람들이 생활하면서 배출하는 쓰레기 종류는 아이들도 잘 알고 있는 내용이었다. 하지만 아이들이 접하지 못해 몰랐던 쓰레기가 많았다.

"우아, 우주에도 쓰레기가 있네. 탐사로봇, 고장 난 인공위성이 다 쓰레기라니 진짜 몰랐어."

가장 심하게 투덜거렸던 바다가 가장 신기해했다.

"진짜 문제는 핵폐기물이네. 절대 사라지지 않는 쓰레기고 방사능을 누출한다니 완전 지구 멸망이겠는데?"

강이는 여전히 멸망을 외쳐 댔다.

"집을 지을 때랑 물건을 만들고 옷을 만들 때 다 쓰레기가 나오고, 독성 물질이 물과 공기를 오염시킨다는 걸 전혀 몰랐어."

하늘이도 놀라워하며 한마디 덧붙였다.

"어쩌면 우리는 쓰레기를 만들어 내며 살고 있는 건지도 몰라. 물론 쓰레기 줄이기 운동을 펼치는 사람들도 있지. 그런데 우리가 만들어 낸 많은 쓰레기가 어디로 가는지 궁금하지 않니?"

그린짱이 아이들의 어깨를 다독이며 다음 전시관으로 데리고 갔다. 바로 종류별로 쓰레기를 재활용하는 방법을 소개한 곳이었다. 아이들은 대부분의 쓰레기를 땅에 묻거나 태운다는 데 놀란 눈치였다. 더구나 분리수거를 제대로 하지 않으면 플라스틱이며 비닐이 땅속에 묻혀 수십 년 동안 썩지도 않고 토양을 오염시키고, 태울 때는 환경 호르몬을 배출해 공기를 오염시킨다는 사실에도 충격을 받았다. 그동안은 쓰레기차가 쓰레기를 가져가면 알아서 사라질 거라고 편안하게 생각한 게 사실이었다.

"삼총사, 너무 우울해하진 마. 쓰레기의 무궁무진한 변신을 접하고 나면 희망이 생기고 기분이 좋아질지도 몰라. 그게 이곳에 온 진

이게 모두 우리가 버린 쓰레기라고!

짜 목적이거든."

　그린짱은 다소 침울해진 아이들을 데리고 마지막 전시관으로 갔다. 업사이클링 패션 제품이 전시 중이었다. 예상대로 아이들은 폐플라스틱 섬유로 만든 운동화, 비행기의 담요와 시트로 만든 가방, 재활용 섬유로 만든 옷 등을 보며 입을 떡 벌렸다.

　"어, 내가 신은 브랜드 신발이잖아. 저게 플라스틱을 재활용해서 만든 거라고?"

　바다가 자기 신발과 전시된 신발을 번갈아 보았다.

　"우리나라에서도 옷이나 신발을 재활용 섬유로 만들고 있는 줄

종이, 플라스틱, 유리, 철, 알루미늄 캔 등은 재활용이 가능한 쓰레기예요. 그 외에 재활용할 수 없는 쓰레기는 묻거나 태워요. 일회용품이 썩는 데는 스티로폼 500년, 비닐봉지 500년, 페트병 500년, 알루미늄 캔 500년, 양철 캔 100년, 칫솔 100년, 일회용 기저귀 100년, 나일론 천 30~40년, 가죽 25~40년, 나무젓가락 20년, 종이컵 20년, 우유갑 5년, 종이 2년 이상의 시간이 걸려요.

음식물 쓰레기 동물의 사료로 재활용할 수 있는 건 음식물 쓰레기로, 동물의 사료로 재활용할 수 없는 건 일반 쓰레기로 버려요.
생활 하수와 오물 목욕을 하거나, 볼일을 보거나, 음식을 하고 설거지를 할 때 쓰고 버리는 물이에요.
폐의약품 유통기한이 지난 약 등은 모았다 약국이나 폐의약품 수거함에 가져다 버려요.
폐형광등과 폐건전지 전용 분리수거함에 넣어요.
전자제품 소형 가전은 폐기물 스티커를 붙여 배출해요. 버려야 할 가전제품이 5개 이상이거나 크기가 크면 '무상방문 수거 서비스'를 이용해요. 전화(1599-0903), 인터넷(www.15990903.or.kr), 카카오톡 친구 추가(폐가전무상방문수거)를 통해 신청할 수 있어요.

〈일회용품이 완전 분해되는 시간〉

스티로폼 500년　　페트병 500년　　기저귀 100년

우유갑 5년　　나무젓가락 20년　　종이컵 20년

괜찮아, 우리 지구!

몰랐어. 쓰레기를 조금이라도 줄이려고 노력한다면 지구 멸망이 어쩌면 늦춰질 수도 있겠는걸?"

오랜만에 긍정적인 강이의 반응에 바다도 동의했다.

"우리가 분리배출한 재활용 쓰레기들이 쓸모 있게 사용되는 걸 보니까 기분이 좋아. 재활용할 수 있는 쓰레기를 쓰레기 봉투에 마구 버리지 말아야겠어."

"그래, 귀찮고 번거롭더라도 분리수거를 꼭 해야 하는 이유를 알겠지? 쓰레기를 재활용할수록 지구의 자원을 아낄 수 있어. 그리고 우리가 재활용할 수 있는 것을 고쳐서 쓰면 새 물건을 덜 사게 되니까 쓰레기가 더 줄어들 수 있겠지? 그럼 쓰레기를 수출할 일도 없을 테고 말이야."

나이지리아 코코항 폐기물 사건

아이들이 이구동성으로 "쓰레기를 수출한다고?" 하고 물었다. 그린짱은 쓰레기 문제를 이야기할 때 꼭 알아야 하는 사건이 있다며 영상을 보러 가자고 했다. 화면 위에는 '나이지리아 코코항 폐기물

1988년, 아프리카 나이지리아의 코코항 근처에 사는 주민들에게 알 수 없는 질병이 나타났다.

원인은 위험한 폐기물에서 흘러나온 독성 물질이었다. 당시 아프리카 나라들은 선진국의 쓰레기를 수입하여 돈을 벌고 있었다. 코코항에 방치된 쓰레기는 이탈리아에서 화학 제품으로 속여서 들여온 것이었다.

몇 달 뒤, 항구에 방치된 폐기물에서 해로운 물질이 흘러나와 토양과 식수가 오염되었다. 오염된 물을 마신 사람들이 병을 앓게 된 것이다.

나이지리아 정부는 이탈리아 정부에 항의했고, 이는 국제적인 문제로 번졌다. 비난이 크게 일자, 이 폐기물은 이탈리아로 되돌아갔다.

하지만 폐기물을 치우고, 주변을 깨끗이 정화하고, 주민들을 치료하는 데 비용이 많이 들었다. 특히 폐기물의 위험성을 몰랐던 사람들이 온몸의 마비와 화상처럼 큰 피해를 보았다.

이 사건을 계기로 1989년 3월 22일, 스위스 바젤에서 '바젤 협약'이 채택되었다.
국가와 국가 사이에 해로운 폐기물을 이동하는 것을 규제하는 협약이다.

그러나 이후에도 선진국의 플라스틱이나 전자 쓰레기가 중국이나 동남아시아, 남미 등 저소득 국가로 불법 이동되었다.

중국이 플라스틱 쓰레기 반입을 거부한 2018년 이후 전 세계적으로 쓰레기 문제가 커졌다. 그래서 2019년 5월 180여 개 나라가 모여 바젤 협약에 플라스틱을 포함할 것을 합의했다.

사건'이라고 쓰여 있었다.

"바젤 협약에 따르면 전자 쓰레기는 더 이상 다른 나라에 보낼 수 없어. 하지만 '재활용'이라는 가면을 쓰고 그동안 가난한 나라에 보냈던 거야. 우리나라도 처리하기 힘든 재활용 쓰레기들은 외국으로 수출했는데, 주로 중국이나 동남아시아의 나라들에 그 쓰레기를 보냈었지. 재활용 쓰레기 안에 재활용할 수 없는 생활 쓰레기까지 들어 있자, 2018년부터 그 나라들에서도 거부하게 되었어."

"짱 누나, 그래 봤자 장소만 바뀐 거지 지구의 쓰레기가 줄지는 않잖아?"

TIP 7 쓰레기는 왜 자꾸 저소득 국가로 이동할까?

선진국들은 처리하는 절차가 까다롭고 처리하는 데 돈이 많이 드는 쓰레기들을 가난한 나라들에 수출했어요. 전자 쓰레기 등 수출이 금지된 쓰레기조차 재활용 쓰레기로 속여 중국이나 필리핀 같은 나라로 불법으로 보냈어요. 선진국에 비해 쓰레기 처리에 관한 법이 느슨했기 때문이에요. 그 나라 사람들, 특히 어린이들이 쓰레기 더미에서 쓸 만한 걸 줍고, 전자 제품에서는 부품을 떼어 내 돈을 벌기도 해요.

하지만 그 나라들도 불법으로 들어온 다른 나라의 쓰레기를 처리할 방법이 없자 그냥 방치해 버렸어요. 그러다 보니 쓰레기가 비에 쓸려 강으로, 바다로 흘러가 환경 오염이 심각해지고, 주민들이 병을 앓게 되었지요. 그리고 난 뒤에야 더 이상 쓰레기를 받지 않겠다고 선언한 것이에요. 그 쓰레기들이 되돌아와 문제가 되기 시작하면서 우리나라도 일회용품 사용 금지와 쓰레기를 줄이기 위한 다양한 정책을 시행하고 있어요.

바다가 이해할 수 없다는 표정을 지었다.

"수출을 못 하게 된 쓰레기가 갈 곳이 있나? 우리나라 어딘가에 쌓여 있겠지."

하늘이가 중얼거렸다.

"그렇지. 아까 바다가 말한 쓰레기 산 문제가 그렇게 시작된 거였어. 쓰레기를 수출하지 못하게 되자, 산에 몰래 쓰레기를 버리고 잠적한 업체가 많아진 거야."

"학교에서 선생님이 보여 주셨어." 하늘이가 대답했다.

"다행히 문제가 많던 쓰레기 산이 조금씩 정리되고는 있지만, 결국 그 쓰레기들도 태우거나 땅에 묻어서 해결하는 수밖에 없으니 진짜 문제가 해결된 건 아니야."

그린짱의 이야기에 강이의 입버릇이 이어졌다.

"이미 30여 년 전에 쓰레기로 국제법까지 생겼는데, 그걸 지키지 않아서 쓰레기 산이 생긴 거지. 쯧쯧, 망했어, 진짜 망했다고."

"우리나라도 쓰레기 분리수거를 시작한 지 불과 30여 년밖에 안 됐어. 그전에는 쓰레기를 땅에 묻고 태웠는데, 수도권 쓰레기가 모이던 난지도라는 곳은 악취와 오염으로 아주 문제가 컸어. 1995년 1월부터 쓰레기 종량제를 시행하여, 일반쓰레기는 전용 봉투에 넣고, 음식물 쓰레기도 별도로 배출하고, 재활용 쓰레기를 분리배출하기 시작했지."

이야기를 듣던 하늘이가 놀라서 물었다.

"우리가 아는 그 난지도? 언니, 월드컵 공원 있는 곳 말이지? 공원 아래 그럼 쓰레기가 묻혀 있는 거야?"

"맞아, 하늘아. 그 냄새 나던 난지도가 지금은 아름다운 공원이 되었지. 우리는 쓰레기 문제를 다시 한번 생각해 볼 때가 되었어. 지금 쓰레기를 묻고 있는 매립지 여러 곳이 포화 상태라 곧 꽉 찬대. 또다시 쓰레기 대란이 발생할지도 몰라. 그래서 요즘에는 쓰레기를 멀리 이동시키지 말고 발생한 지역에서 처리하자는 의견들이 나오고 있어."

"사람들은 망가져 가는 지구의 환경에 가슴 아파하면서 집에서 나오는 쓰레기에는 죄책감을 느끼지 않는 것 같아. 나도 그랬고."

하늘이의 말에 바다가 "나도, 나도." 하며 동의했다.

"우리가 먹고, 자고, 입고, 학교에 가는 일상생활에서 쓰레기가 생기는 건 어쩔 수 없어. 하지만 쓰레기를 줄일 수는 있잖아. 하루아침에 쓰레기를 줄이기는 어려울 테니, 지키기 어려운 약속보다 진짜 실천할 수 있는 것부터 시작하고, 약속을 늘리는 게 좋지 않을까?"

그린짱의 말에 고개를 끄덕이는 하늘이와 바다를 보며 강이가 찬

물을 끼얹었다.

"그린짱, 재활용할 수 있는 것은 한다고 치더라도 재활용 안 하는

플라스틱은 어떡해? 썩지도 않고, 줄이기도 어려운데. 음식 배달이나 포장도 많아지니까 사람들이 플라스틱을 더 많이 사용하는 것 같아. 아무래도 플라스틱 때문에 지구가 곧 멸망할 것 같은데?"

"플라스틱 문제는 정말 심각하지. 플라스틱 문제를 우리의 다음 미션으로 하자!"

TIP 8   쓰레기 줄이기 운동 – 제로 웨이스트

제로 웨이스트(Zero-Waste)는 쓰레기 없이 살아가는 생활을 뜻해요. 생활 속에서 쓰레기를 줄이는 데서 나아가, 물건을 살 때 가급적 일회용품을 받지 않고, 구매한 물건은 가능한 한 오래 쓰고, 필요 없는 건 나누어 쓰는 등 낭비하지 않는 삶을 살아가려고 노력해요.

제로 웨이스트를 처음 실천한 미국의 비 존슨 씨네 가족이 일 년 동안 배출한 쓰레기는 작은 유리병 안에 다 들어갈 정도로 적었다고 해요. 우리나라도 경기도에서 제로 웨이스트 정책을 펼치고 있고, 이 운동에 동참하며 쓰레기 없는 삶을 추구하는 사람들이 점점 늘어가고 있답니다.

미래에는 쓰레기가 줄어들까?

　쓰레기는 쉽사리 줄어들지 않았고, 쓰레기 처리는 한동안 계속 골치였어. 지금 미래에도 해결이 쉽지 않은 문제이기도 하고. 사실 쓰레기도 분리수거를 잘하고, 재활용하면 문제가 줄어들 수 있어. 자원 순환형 재생 방식이라고 하는데, 생산자는 만들 때 쓰레기를 적게 배출하도록 힘쓰고, 소비자는 생활 쓰레기를 줄이고, 친환경 소비를 위해 노력하는 거지. 쓰레기를 처리할 때는 쓸 수 있는 부품을 안전한 방식으로 떼어 내고, 재사용과 재활용하여 자원을 아끼고, 남는 쓰레기를 처리하면 환경 오염을 줄일 수 있거든.

　지금 미래는 다행히 그런 시스템이 법으로 정해져 있고, 다들 그 시스템에 맞춰 쓰레기를 처리하고 있어. 물론 비용이 많이 드는 일이야. 하지만 쓰레기를 매립할 수 있는 땅은 점점 줄어들고, 쓰레기를 태워서 생기는 문제도 심각해지다 보니, 쓰레기를 줄이기 위한 비용이 높다고 볼 순 없게 되었지.

그리고 지금은 세계 대부분의 나라들이 재활용에 관한 법을 제정하고 시설을 만들었어. 기업들도 업사이클링에 점점 관심을 두고 물건을 만들기 시작했어. 업사이클링으로 만든 제품을 사는 사람들이 많아졌거든. 사람들은 분리배출을 철저히 하고, 불필요한 물건을 사지 않게 되었어. 쓰레기가 쓸데없이 많이 나오게 포장을 하거나 재활용하기 어렵게 만든 물건을 사지 않게 되기도 했어. 그러다 보니 기업들도 자원 순환형 재생 방식에 관심을 가지고, 재활용이 쉬운 친환경 제품, 자원을 재활용한 제품을 많이 만들게 되었어. 아무리 법이 강력해도 사람들이 관심을 가지지 않고, 실천하지 않으면 아무 소용이 없잖아.

그리고 희소식! 재활용도 할 수 없고 태우거나 묻어야만 하는 쓰레기가 있을 수밖에 없는데, 다행히도 쓰레기를 빠르게 분해하는 미생물 연구가 크게 진척이 있었어. 미생물이 쓰레기를 분해해서 자연으로 안전하게 돌려보내게 되었어.

미션 3
미세 플라스틱

플라스틱 섬 # 일회용품 금지 # 돌고 돌아 내 몸에!

"바다 왜 안 오지?"

"숙제 안 한 거 아냐?"

하늘이와 강이는 일찌감치 와서 클럽 안에 있는 신기한 물건들을 뒤적거렸다. 그린짱은 아까부터 고물 컴퓨터를 붙들고 뭔가 집중하고 있었다.

"그린짱, 우리가 숙제 다 해 오면 특별한 선물을 준다면서? 그게 뭐야?"

지루했는지 강이가 모니터 앞으로 얼굴을 쑥 내밀었다.

"잠깐 기다려. 바다까지 오면 선물을 공개할게."

그린짱의 말이 끝나기 무섭게 문이 벌컥 열리며 바다가 뛰어 들어왔다.

"나 빼놓고 시작한 거 아니지?"

삼총사가 그린짱 곁에 둥글게 모여 앉았다.

"자, 플라스틱에 대해 잘 알아 왔는지 볼까? 너희가 숙제를 잘했다면 특별한 선물이 있을 거야."

역시 적극적인 하늘이가 처음으로 나서서 내용을 발표했다.

"나는 언제부터 플라스틱을 많이 쓰게 되었나 조사해 봤어. 플라스틱은 사용한 지 겨우 100년 정도밖에 안 되었대. 석탄이나 석유를 만들고 남은 찌꺼기로 플라스틱을 만들게 되면서 값이 싸져서 사용량이 크게 늘었어. 유리병이나 나무로 만들어 쓰던 것들을 플라스틱으로 만들면서 사람들의 생활이 편리해졌고. 가볍고 값이 싼데다 딱딱한 것부터 물렁물렁한 것까지 쓰임에 따라 모양을 다양하게 만들기도 쉬웠거든."

바다가 하늘이에게 엄지를 척 내밀고는 준비해 온 자료를 나누어 주었다.

"우리 집에 플라스틱이 얼마나 많은지 찾아서 그림을 그려 봤어. 주방에는 냉장고, 전자레인지, 밥솥, 조리도구, 반찬통, 양념통, 비닐봉지, 도마, 칼, 거실의 텔레비전, 헬스 자전거, 청소기, 게임기가 있어. 방에는 컴퓨터, 프린터, 옷걸이, 필통, 필기구, 책꽂이, 파일, 정리

함이 있고. 헥헥, 아직 안 끝났어. 화장실에 칫솔과 면도기, 세면도구 통, 화장품, 헤어드라이어, 빗, 선반 등 말도 못 하게 많더라고. 내 안경도 플라스틱이야!"

바다의 발표에 그린짱이 말을 덧붙였다.

"그래, 플라스틱이 엄청나지? 나도 되도록 플라스틱을 쓰지 않으려고 하는데, 이 노트북도, 펜도 다 플라스틱이 쓰였어. 무조건 쓰지 말자고 하기에는 우리 생활에 도움이 되는 경우도 많아. 이번엔 강이가 플라스틱의 장점을 말해 볼까?"

"플라스틱은 우리가 모르는 곳에서 중요한 역할을 하고 있어. 내가 놀란 건 병원에서도 많이 쓰인다는 거였어. 일회용 주사기, 수술용 장갑, 소독 거즈, 침대, 인큐베이터처럼 플라스틱으로 만든 장비가 많고. 또 인공 관절, 인공 각막, 인공 치아, 인공 심장처럼 우리 몸의 기관을 대신하는 것도 있대."

강이까지 발표를 마치자 그린짱이 박수를 쳤다. 평소 시큰둥했던 바다나 언제나 투덜대던 강이마저도 준비를 잘해 온 게 무척 기특했다. 바다는 그린짱의 칭찬에 어깨를 으쓱하고는 질문을 던졌다.

"짱 누나, 장점이 이렇게 많은데 왜 플라스틱 사용을 줄여야 하는 거야?"

그린짱이 아주 좋은 질문이라며 대답했다.

"값이 싸기 때문에 쉽게 버리고 또다시 사는 것도 문제이고, 땅에 묻혀서 썩지 않는 것도 문제이고, 마구 버려진 플라스틱이 바다로 흘러간 뒤 동물들을 위험하게 만드는 것도 문제거든. 발명된 지 겨우 100년이라고 했지만, 쓰레기 양으로 치면 그동안의 다른 어떤 쓰레기보다 많이 버려지고 있어. 무엇보다 잘 썩지 않고 눈에 보이지 않을 정도로 잘게 부서진 플라스틱 때문에 자연도 사람도 동물도 고통받고 있어."

강이가 인터넷에서 봤다며 머리를 쥐어뜯었다.

"플라스틱이 바다로 가서 우리나라보다 훨씬 큰 섬이 되었다니까. 그리고 플라스틱이 계속 부서져 눈에 보이지도 않는 미세 플라스틱이 되어 물고기들이 그걸 먹고, 사람이 그 물고기를 먹고. 결국 다 병에 걸려 죽고 말 거야!"

"눈에 보이지도 않는 플라스틱이 바다로 흘러간다고? 으윽, 내 몸이 망가지는 느낌인데? 플라스틱을 다 불태우자. 아니면 다시 유리나 나무를 쓰면 안 돼? 왜 플라스틱을 써서 난리야."

바다가 좀 전에 한 자기 발표는 생각도 못 하고 부르르 떨었다.

"불태우면 미세먼지와 유독가스는 어떻게 하냐? 그리고 플라스틱 안 쓰고 살 수 있겠어? 그 많은 플라스틱을 쓰는 이유를 아까 얘기했잖아!"

강이와 바다의 말에 하늘이가 퉁바리를 놓았다.

"얘들아, 진정해. 플라스틱을 가능한 한 사용하지 않는 게 좋지만, 참 어렵지?"

그린짱이 삼총사를 말리며 말했다.

"솔직히 말하면 우리가 쓰레기를 어마어마하게 버린다는 사실에는 놀랐어. 그런데 일회용품 사용을 줄이는 건 자꾸 까먹게 돼. 미세먼지처럼 지금 당장 불편하게 느껴지지 않으니까."

하늘이가 갑자기 가슴에 손을 얹고 고백하듯 말했다.

그린짱이 고개를 끄덕이고는 작은 손가방을 하나 들고 와 아이들에게 내밀었다. 아이들은 그 안에서 접이식 컵, 대나무 빨대, 대나무 칫솔, 고체 치약, 손수건 등을 꺼냈다.

"설마, 짱은 이걸 맨날 갖고 다니는 거야?"

바다가 입을 떡 벌렸다.

"빙고! 나는 집에서뿐만 아니라 밖에서도 일회용품을 가능한 한 쓰지 않으려고 외출할 때마다 챙기고 있어. 번거로울 수도 있지만, 플라스틱이 나에게 어떤 영향을 주는지, 지구 환경을 얼마나 망치

고 있는지 안다면 생각이 달라질걸? 실제로 누군가는 그걸 아주 심

각한 문제로 느껴서 발 벗고 나섰거든."

"그 사람이 누구야?"

삼총사가 입을 모아 물었다.

TIP 9 플라스틱이 왜 많아졌을까?

플라스틱은 유리처럼 잘 깨지지도 않고, 나무처럼 썩지도 않고, 쇠처럼 녹슬지도 않아요. 헬멧이나 전자제품처럼 단단하게도 만들 수 있고, 랩이나 튜브처럼 말랑말랑하게 만들 수도 있지요. 플라스틱이 발명되면서 여러 분야에서 편리하게 쓰이기 시작했어요.

색과 모양이 예쁜 물건들이 만들어졌고, 음료수와 같은 식품도 플라스틱 용기를 사용하면서 값이 싸졌어요. 병원 등 전문 분야에서도 플라스틱이 중요하게 사용되었어요. 특히 비닐봉지는 사람들의 생활에 빠르게 들어와 사용량이 많아졌지요.

그런데 왜 플라스틱이 위험해졌을까요?

처음에는 사람들이 플라스틱을 잘 버리지 않았어요. 하지만 한번 망가지면 고쳐 쓸 수 없어서 버려야만 했지요. 값이 점점 싸지면서 싫증이 나면 버리고 다시 사곤 했어요. 디자인이 새로운 플라스틱 제품, 예쁜 플라스틱 제품이 만들어질수록 버려지는 플라스틱도 늘어났어요. 썩거나 녹지 않는, 버려진 플라스틱은 점점 쌓여서 문제를 일으키기 시작했지요.

특히 바닷가에 버려진 플라스틱은 해양 생물들에게 위험한 존재예요. 플라스틱을 먹이로 착각해 먹고 소화를 못 해 죽거나, 비닐이나 빨대, 그물, 낚싯줄이 몸에 걸려 다치기도 해요. 바닷가에서 죽은 새나 물고기들의 배 속에는 병뚜껑과 같은 플라스틱이 잔뜩 들어 있어요.

다행히 최근에는 과대 포장을 줄이고, 물건을 만들 때부터 폐기물의 처리와 재활용을 생각하는 '생산자 책임 재활용'을 실천하는 곳이 늘고 있어요. 예를 들면 음료수나 생수 페트병에 라벨을 없애서 쓰레기를 줄이는 것, 선물 세트의 과대 포장을 줄이는 것, 종이에 불필요한 코팅을 하지 않는 것, 캔 음료를 묶는 플라스틱을 쓰지 않는 등 소비자가 제품을 사용한 뒤 버릴 때 재활용을 잘할 수 있도록 책임지고 만드는 것이지요.

태평양에 떠 있는 플라스틱 섬

"쓰레기 섬을 발견한 사람과 그 섬의 쓰레기 문제를 해결하려는 사람들이지. 아까 강이가 잠깐 이야기했지? 우리나라의 쓰레기 산처럼 바다에는 쓰레기 섬이 있어. 처음에는 태평양에서 발견되었고, 인도양, 대서양 등에서도 발견되었어."

1997년, 요트 선수였던 찰스 무어가 하와이에서 캘리포니아로 항해를 시작했다. 그런데 요트를 타고 가던 중 어마어마하게 큰 쓰레기 섬을 발견했다.

엥, 웬 섬이지?

바닷가에서 버려지는 비닐봉지나 플라스틱, 스티로폼 같은 쓰레기들이 해류를 타고 돌아다니다 바다 한가운데 뭉쳐져 커다란 섬처럼 된 것이다.

바다에 떠 있는 쓰레기 더미가 꼭 묽은 플라스틱 수프 같았어요.

이 섬의 크기는 대한민국 면적의 약 15배 정도인데, 지금도 조금씩 커지고 있다. 쓰레기의 90퍼센트가 플라스틱이어서 플라스틱 섬이라고도 부른다. 빨대, 칫솔, 장난감, 페트병, 튜브, 그물, 타이어, 스티로폼 등 다양한 쓰레기들은 햇빛을 받고 파도에 부딪쳐 잘게 부서진다.

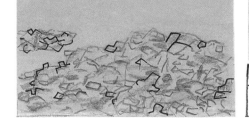

바다에 사는 새, 거북, 물고기 등이 잘게 부서진 플라스틱을 먹이로 착각해 먹는 일이 생겼다. 이 미세한 플라스틱 조각들은 소화되지 않고 배 속에 머물며 동물들의 목숨을 빼앗는다.

엄마, 배고파요!

이거라도 먹으렴.

플라스틱 섬 문제를 해결하려고 나선 사람들이 있다. 찰스 무어는 플라스틱의 위험성을 알리고, 바다를 깨끗하게 하는 일에 힘쓰고 있다.

이제 요트 선수가 아니라 환경 운동가라고!

'플라스틱 캐쳐'라는 장치로 쓰레기 섬의 쓰레기를 수거하려고 노력하는 기업도 있다.

하나도 놓치면 안 돼!

또 다른 환경 운동가들은 이 섬의 이름을 '트래시 아일(Trash Isle: 쓰레기 섬)'로 정하고, UN에 이 섬을 정식 국가로 인정해 달라고 요청했다.

여길 국가로 인정해 주세요!

이 문젠 세계가 나서야 해요!

그리고 이 섬의 국기, 여권, 화폐도 만들었다. 그러면 세계 여러 나라들이 쓰레기를 치우기 위해 함께 노력해야 하기 때문이다. 미국의 전직 부통령 엘 고어가 이 섬의 1호 국민이고, 약 20만 명이 국민으로 등록되어 있다.

나도 이 섬의 국민이지!

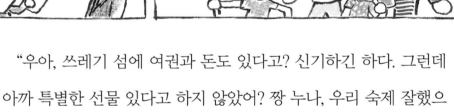

"우아, 쓰레기 섬에 여권과 돈도 있다고? 신기하긴 하다. 그런데 아까 특별한 선물 있다고 하지 않았어? 짱 누나, 우리 숙제 잘했으니까 선물 줘!"

바다가 몸을 배배 꼬았다.

"응, 대단한 걸로 준비했지. 선물은 바로 플라스틱 섬 여행이야! 모두 다 같이 가자!"

그린짱이 주먹을 높이 위로 치켜들면서 말했다.

괜찮아, 우리 지구!

"응? 언니, 선물이 쓰레기 섬에 가는 여행이라고? 태평양이라며? 언제 어떻게 가?"

하늘이가 눈을 크게 뜨며 물었다.

"또 영상 보는 거겠지, 뻔해."

강이가 콧방귀를 뀌자, 아이들이 그럼 그렇지 하는 표정을 지었다. 그린짱은 씩 웃더니 서랍에서 커다란 고글들을 꺼내 왔다. 그러고는 어리둥절해하는 아이들에게 하나씩 나눠 주며 어서 쓰라고 한 뒤 고물 컴퓨터를 이리저리 만지며 작동시켰다.

곧이어 아이들 눈앞에 넓은 바다가 펼쳐졌다.

고물인 줄로만 알았던 물건이 가상 현실 체험 컴퓨터였다니!

아이들은 놀랄 틈도 없이 배를 타고 태평양 한가운데 떠 있는 플라스틱 섬으로 이동했다. 배는 점점 플라스틱 섬으로 다가갔다.

"와, 여기가 그 쓰레기 섬이야?"

"그래, 여기가 찰스 무어가 발견한 곳이야. 어떤 쓰레기들이 있는지 한번 살펴볼까?"

아이들은 물속을 들여다보기도 하고, 손에 닿는 쓰레기를 헤집어 보기도 했다. 가장 많이 보이는 건 페트병이었다. 플라스틱 컵, 비닐봉지, 큰 플라스틱 통, 스티로폼, 바구니 등 종류도 크기도 다양한 플라스틱이 어마어마했다. 나무나 캔 같은 것도 보이긴 하지만 쓰레기 대부분이 플라스틱이었다. 물속에는 더 작은 플라스틱들이 떠 있었다. 병뚜껑, 블록 조각, 용도를 알 수 없이 잘게 부서진 조각들이 햇빛에 반짝였다.

"짱 누나, 그럼 미세 플라스틱은 이것보다 더 작은 거야?"

물속에 고개를 박고 있던 바다가 자세를 고쳐 앉았다.

"그렇지. 플라스틱 조각 중 지름이 5밀리미터 이하인 걸 미세 플라스틱이라고 하는데, 물속에서 반짝거리기 때문에 동물들이 먹이로 착각하고 꿀꺽 삼키곤 해."

"하지만 여긴 우리나라랑 아주 먼 바다잖아. 우리처럼 도시에 살면 미세 플라스틱에서 안전한 것 아냐?"

"왠지 외국의 이야기일 것만 같지? 하지만 얼마 전에 제주도 바닷가에서 죽은 채 발견된 참고래의 배 속에도 플라스틱이 많았대. 그리고 우리나라 남해안 바닷물에서도 미세 플라스틱이 발견되었고. 우리가 마시는 수돗물이나 생수, 요리에 쓰는 소금에도 미세 플라스틱이 발견되었다고 해."

"우리도 모르는 사이에 미세 플라스틱을 먹고 있었던 거네. 누구 배 속에 플라스틱이 가장 많으려나, 아무래도 먹보 강이가 최고지!"

바다의 장난에 강이가 배를 우스꽝스럽게 움켜쥐었다.

"먹는 것도 먹는 거지만 우리가 미세 플라스틱을 계속 버리고 있다는 게 더 놀라운데. 우리가 버린 플라스틱이 돌고 돌아 다시 우리 몸속으로 들어온 셈이잖아."

"뭐? 우리가 버리고 있다고?"

아이들이 이구동성으로 외쳤다.

그린짱은 고글을 벗었다. 아이들이 따라서 고글을 벗자 다시 환경 클럽 안이었다. 그린짱은 하얀 스크린에 빔을 쏘았다. 플라스틱 때문에 고통받는 동물들의 모습이었다.

"아까 쓰레기 섬에서 본 새들도 플라스틱을 먹이로 착각하는 것 같았어."

하늘이가 화면 속 동물들을 보며 눈물을 글썽였다.

"맞아. 쓰레기들은 물속에 햇빛이 투과되는 걸 막아 바닷속 식물이 광합성 하는 걸 방해해. 바닷속 식물이 줄어드니 물고기들은 먹을 게 줄어드는 거지. 물고기가 줄어드니 물고기를 먹는 새들도 먹이가 줄어들게 돼.

또 플라스틱이 동물들의 부리나 날개, 다리에 걸려 괴로움을 주기도 하고. 잘게 부서진 플라스틱이나 스티로폼 조각, 비닐봉지는 고래를 비롯한 바다에 사는 동물들이 먹이로 오해해 먹기도 한단다. 이 동물들은 결국 죽음에 이르게 돼."

"그린짱, 우리가 일부러 미세 플라스틱을 만든다는 거야?"

바다는 궁금해 죽겠다는 표정이었다.

"맞아, 미세 플라스틱을 일부러 만들어 사용하는 게 있어. 우리가 마시는 강물을 조사했더니, 물과 물고기에서 미세 플라스틱이 검출되었는데, 우리가 입는 옷이나 천 제품에 사용하는 합성 섬유 속 실 모양 플라스틱과 치약, 화장품, 섬유유연제 등에 첨가한 미세 플라스틱이 많았지. 심지어 한 조사에 따르면 우리가 만든 이런 미세 플라스틱을 우리나라 국민 한 사람이 일 년에 이백 개 이상 먹고 있다고 해."

그린짱의 말에 강이가 덧붙여 얘기했다.

TIP 18　미세 플라스틱의 역습 🔍

미세 플라스틱은 오랜 시간 동안 잘게 부서져 지름이 5mm 정도로 작아진 플라스틱을 말해요. 마이크로 비즈라고도 부르죠. 바다에 떠 있는 미세 플라스틱은 플랑크톤과 잘 구분되지 않아서 바다 생물들이 먹이로 오해해 먹곤 해요. 1mm 미만의 미세 플라스틱은 사람의 혈관으로 들어갈 수도 있대요. 즉, 미세 플라스틱을 먹은 물고기를 사람이 먹게 되면, 혈관에 미세 플라스틱이 들어갈 수 있어요.

우리가 쓰는 치약이나 세안제에는 더 잘 닦이라고 미세 플라스틱이 들어 있는데, 이 미세 플라스틱들도 강으로 흘러 들어가고, 우리가 마시는 물로 돌아오게 되는 거예요. (요즘은 마이크로 비즈가 없는 치약이나 세안제도 많이 나옵니다.) 또 소금이나 조개와 같은 갯벌 생물에게서도 미세 플라스틱이 검출되었지요.

1차 미세 플라스틱: 치약이나 세정제에 의도적으로 넣은 미세 플라스틱.

2차 미세 플라스틱: 기존 플라스틱이 점차 마모되어 미세 플라스틱이 되는 것.

괜찮아, 우리 지구!

"그러니까 우리가 깨끗하게 씻고, 꾸미는 동안 미세 플라스틱을 꾸준히 버리는 거였고, 물속에 흘러 들어간 마이크로 비즈가 돌고 돌아 우리 입속으로 들어오고 있던 거였네. 진짜 내 배 속에 엄청 많을지도 몰라! 결국 인간은 병에 걸려 죽고 지구에서 완전히 사라지는 건가?"

"강이는 역시 아는 게 많아. 마이크로 비즈란 말도 알고. 마이크로 비즈는 사람이 필요해서 만든 미세 플라스틱을 뜻해. 그냥 미세 플라스틱을 마이크로 비즈라고 부르기도 하고. 어쩌면 강이 말처럼 지구가 멸망의 길로 갈 수도 있어. 미세 플라스틱뿐 아니라 어릴 때부터 쓰는 플라스틱 식기, 젖병, 페트병, 장난감 등에서 나오는 다양한 환경 호르몬은 아주 적은 양으로도 사람의 건강을 해치거든."

"언니까지 그렇게 말하면 어떡해. 우리가 바꿀 수 있는 방법을 찾아야지!"

"맞아, 하늘아, 문제가 있다고 걱정만 할 건 아니야. 세계 곳곳에서 플라스틱 쓰레기를 줄이기 위한 노력을 하고 있거든."

그린짱은 화면에 전 세계의 일회용 플라스틱 금지 안내판을 띄워서 보여 주었다. 우리나라의 안내판도 있었다. 아이들도 마트나 패스트푸드점 등에서 자주 봤던 것이었다. 플라스틱 빨대를 제공하지

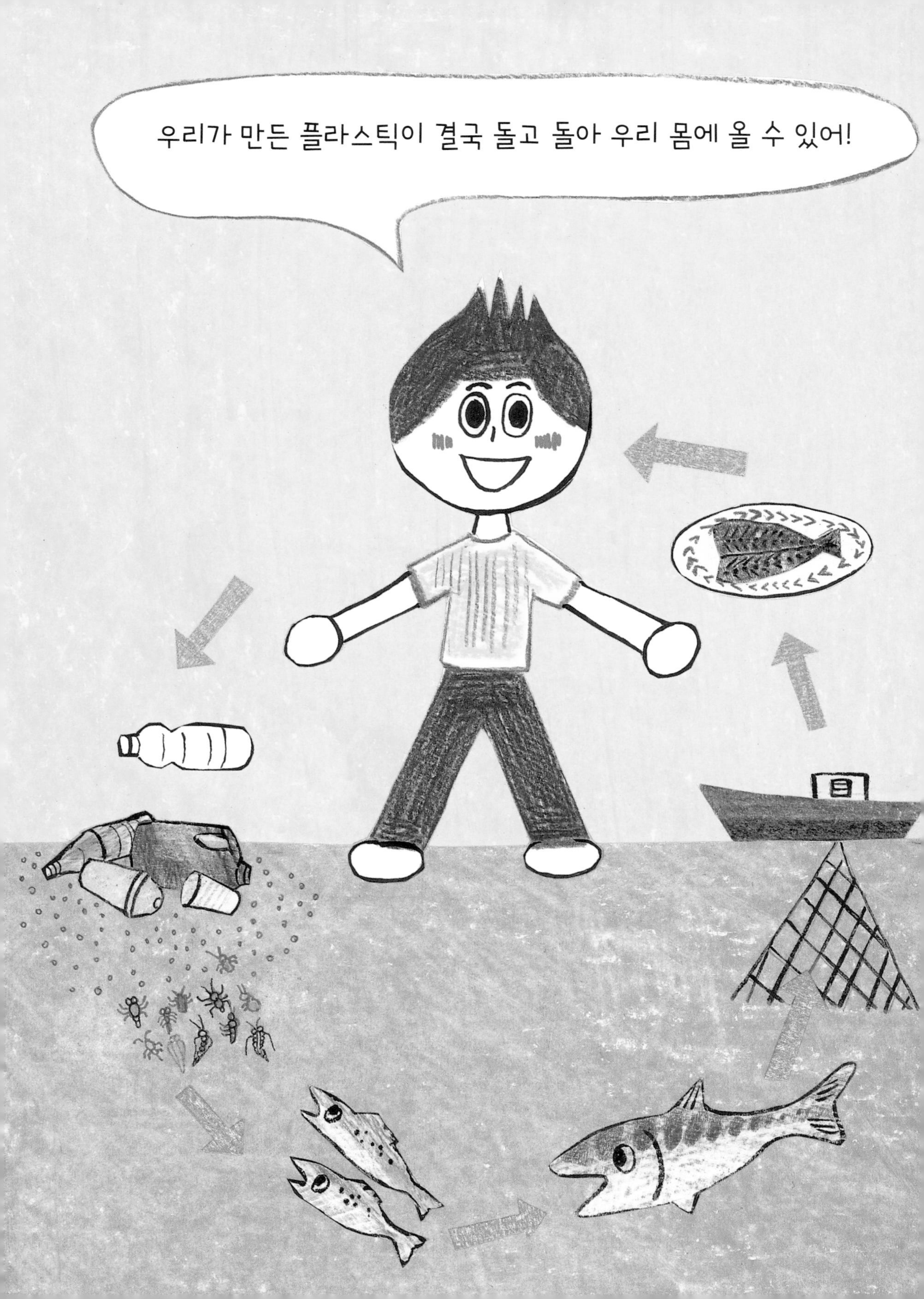
우리가 만든 플라스틱이 결국 돌고 돌아 우리 몸에 올 수 있어!

않는다거나 비닐봉투를 무료로 주지 않는다거나 플라스틱 컵을 제공하지 않는다는 내용들이었다.

"우리나라도 일회용품 사용을 규제해 나가고 있어. 그래서 우리 가족은 마트 갈 때 장바구니 꼭 챙겨 가. 언니, 그것 말고 또 우리가 뭘 할 수 있을까?"

하늘이가 물었다.

"분리수거가 왜 중요한지는 지난번에 이야기했지? 특히 투명 페트병은 별도로 분리배출을 하도록 바뀌었어. 그리고 무엇보다 중요한 건 제품을 만들면서 버릴 때도 생각하는 거야."

"어떻게?"

삼총사가 눈을 동그랗게 뜨며 물었다.

"우선 미생물에 의해 분해되는 생분해 플라스틱을 쓰도록 노력하는 거지. 옥수수, 감자, 콩 등의 곡물을 원료로 만드는 거야. 아직 비싸고 분해되기 위한 조건이 까다로워서 더 개선해 나가야 하지만 그래도 그걸 쓰는 사람이 늘어나야겠지. 또 유럽에서는 플라스틱을 만들 때 재생 플라스틱을 넣어서 만들도록 법으로 규제한다고 해. 우리나라도 플라스틱을 줄이기 위한 법을 만들어야 해. 그리고 기업에서는 재활용이 쉽게 되는 플라스틱 제품을 만들고, 재활용 표시를 정확하게 해야 하지."

"그런 게 있는 줄 몰랐어. 앞으로 물건을 살 때 재활용하기 쉽게 만들었는지, 불필요하게 쓰는 플라스틱은 없는지 좀 더 꼼꼼하게 살펴봐야겠어."

바다가 주먹을 불끈 쥐고 다짐했다.

"좋은 생각이야. 물건을 만드는 건 기업에서 해야 할 일이지만 소비자들도 쓰레기를 줄이고, 환경을 생각하도록 기업에게 요구해야 해. 투명 페트병에 붙은 라벨도 처음엔 떼기가 얼마나 어려웠는데.

재활용 하기 쉽게 뗄 수 있도록 바꾸라는 목소리가 커지니까 결국 기업들이 방법을 찾았잖아. 우리와 같은 소비자의 목소리가 때로는 법보다 효과가 있단다."

그린짱의 말에 하늘이도 주먹을 불끈 쥐었다.

"살면서 플라스틱이 들어간 물건을 사지 않기는 힘들겠지만, 가급적 쓰레기를 덜 만들고, 재활용하는 건 우리 힘으로 할 수 있는 일이라는 확신이 생겼어!"

TIP 11 — 플라스틱을 줄이려는 노력

비닐봉지는 너무 흔해서 대부분 한 번 쓰고 버리고 말아요. 그래서 많은 나라에서 비닐봉지 사용을 금지하거나 유료로 제공하기로 했어요. 아프리카의 르완다는 2008년에 세계에서 처음으로 비닐봉지 사용을 금지했어요. 프랑스도 2007년 파리에서 비닐봉지 금지한 뒤 쓰레기양이 줄자 2010년 프랑스 전체로 확대했지요.

독일에서는 2003년부터 '판트'라는 제도를 도입해서 유리, 캔, 페트병 용기를 자판기를 통해 수거하고 보증금을 돌려 주고 있어요. 스페인은 재활용 플라스틱을 의무적으로 사용하기로 했어요. 유럽은 2030년까지 일회용 포장을 재활용 가능한 것으로 바꾸기로 했어요.

덴마크의 회사 레고는 2030년까지 모든 제품을 친환경 소재로 만들겠다고 했어요. 석유가 아닌 콩, 곡물, 옥수수 등을 원료로 한 생분해 플라스틱을 개발하고 사용하는 노력도 이어지고 있어요.

소비자들은 되도록 페트병에 든 물이나 음료수를 사지 않고, 개인 물병을 들고 다니며 일회용 플라스틱 사용을 줄일 수 있어요. 어쩔 수 없이 쓴 플라스틱은 씻어서 다시 쓰고, 철저하게 분리배출해요. 그리고 가능한 한 쓰지 않는 쪽으로 노력해야 해요.

미래에는 쓰레기 섬이 없어질까?

　너희가 사는 지금과 비교하면 미래는 쓰레기 섬이 거의 없다고 말할 수 있어. 사실 한동안 쓰레기 섬이 늘어났었거든. 그런데 쓰레기 섬을 줄이려는 기술이 나날이 개발되면서 확 바뀌었어. 세계는 공동으로 이 문제를 연구하고 해결하려고 노력했어. 그래서 바다에 둥둥 떠 있는 쓰레기들을 걷어 와 안전하게 처리하는 데 성공했어. 그리고 플라스틱을 분해하는 곰팡이를 발견해 내서 쓰레기 섬에서 쓰레기를 걷어 오지 않고도 바로 없애는 방법도 개발되었지.

　생분해 플라스틱도 가격이 많이 내려가서 일반 플라스틱 대신 생분해 플라스틱을 쓰는 기업이 계속 늘어났어. 많은 나라들이 일회용품 사용을 줄이고, 자원을 재활용하기 위해 강력한 법을 만들어 실행했

지. 가장 반가운 건 사람들의 의식이 많이 바뀐 거야. 물고기와 새 들이 플라스틱을 먹는 게 결국 자기들 건강에 영향을 준다고 생각하니 아차 싶었던 거지. 바닷가를 깨끗하게 하려는 손길도 계속 이어졌어.

분명한 건, 지금처럼 사람들이 쓰레기 문제에 관심을 두고, 플라스틱을 줄이는 데 동참한다면 미래는 확실히 좋아질 거라는 사실! 너희처럼 어린이들까지도 참여하는데 더 깨끗해지지 않겠니?

80일 만에 사라지는 생분해 플라스틱

미션 4
기후 변화와 에너지

지구 온난화 # 신재생 에너지 # 탄소 발자국을 줄이자!

오늘은 그린짱네 베란다에 태양광 모듈을 설치하는 날이다. 또 학교 재량 휴일이기도 해서 환경 클럽이 새로운 체험을 떠나는 날이기도 하다. 설치가 끝나기를 기다리는 사이에 아이들은 기후 변화 이야기로 열을 올렸다.

"어제 뉴스 봤어? 캐나다에 내린 폭우 엄청 무섭더라."

"응. 짱 언니가 다음에 캐나다 간다고 얘기했던 게 생각나서 봤어. 2년 전에도 폭우 피해가 컸는데, 이번에 또 엄청나게 왔다며."

바다의 물음에 답하던 하늘이가 그린짱을 바라보았다.

"휴, 오로라 보러 캐나다에 가려는 계획을 코로나19 때문에 미루고 미루다 항공편을 드디어 샀는데, 상황이 점점 나빠지니 걱정이야. 자연이 깨끗하고 아름답던 캐나다마저 기후 변화로 재난이 생

길 줄 몰랐어. 몇 년 전 호주에 갔을 땐 6개월이나 산불이 지속되어서 마음이 아팠거든. 이제 여행은 꿈도 못 꾸는 거 아닌가. 나야말로 망했어."

늘 긍정적인 그린짱이 한숨을 내쉬었다.

"거봐, 진짜 지구 망한다니까. 폭염, 산불, 폭우 같은 기상 이변이 심해지는 건 지구가 점점 더워지면서 기후가 변하기 때문이야. 온실가스 때문에 지구 온난화가 생기고, 북극의 영구 동토층과 빙하가 녹으면서 메탄가스가 방출되어 지구는 더 더워질 거야. 그러면 해수면이 높아져 섬뿐만 아니라 바닷가 마을도 잠기는 거라고. 기후 대재앙이 오는 거라고 할 수 있지."

강이가 숨도 쉬지 않고 내뱉었다.

"으윽, 그건 강이 말 인정. 지구 멸망이 점점 다가오는 거 같아."

바다가 머리를 쥐어뜯었다. 잠시 침묵하던 아이들이 태양광 설치가 다 되었다는 그린짱의 말에 베란다로 몰려갔다.

"그린짱, 이걸로 전기세를 진짜 아낄 수 있는 거야? 얼마나?"

강이가 물었다.

"태양광 크기나 사용하는 전력량에 따라 다르겠지만 우리 집 같은 경우에는 한 달에 오천 원 정도 아낄 수 있을 것 같아."

"에이, 얼마 안 되네? 설치비가 더 비싸겠다."

그린짱의 대답에 강이가 실망스러워했다.

"야, 돈이 문제냐? 기후 변화를 일으키는 석탄 같은 화석 연료 사용을 조금이라도 줄여서 환경을 보호하는 효과가 더 중요한 거지. 화력 발전으로 전기를 만들면 온실가스도 엄청나게 발생하고, 미세먼지도 심해지잖아. 미세먼지가 얼마나 위험한지 벌써 잊었어?"

하늘이가 열변을 토했다.

"그건 나도 알아. 그런데 전기 안 쓰고 살 수 있어? 텔레비전, 냉장고, 컴퓨터, 에어컨 없는 집 있어? 집에서 전기 엄청 많이 쓰는데 이렇게 작은 태양광 설치가 얼마나 도움이 될까? 이건 햇빛이 없으면 쓸모없잖아."

강이가 되받아쳤다.

"참 나, 그렇다고 노력도 안 하냐?"

하늘이가 뭐라고 한마디 더 하려는 순간 바다가 손을 휘저으며 둘을 말렸다.

"됐어, 됐어, 그만해. 왜 너희 둘이 싸우고 난리야. 진짜 문제는 지구의 온도가 올라가고 있다는 거 아냐? 뜨거워지는 지구를 어떻게 식힐 거냐고? 이대로 지구 망하게 둘 거냐고!"

간만에 바다가 옳은 말을 던졌다. 하늘이와 강이는 멋쩍은 듯 입을 다물었다.

"너희 말처럼 지구가 점점 더워지는 건 온실가스 때문이야. 그중에서도 이산화 탄소의 영향이 가장 크지. 사람이 살면서 탄소를 발생하는 건 자연스러운 현상이야. 하지만 온난화가 너무 빨리 진행

TIP 12　　지구 온난화와 기후 변화

지구 온난화는 지구의 기온이 높아져 따뜻해지는 현상이에요. 사람들이 화석 연료를 많이 사용하면서 이산화 탄소와 같은 온실가스가 많이 배출되었고, 가축 사육, 쓰레기 매립, 숲 파괴 등도 지구의 평균 기온을 높이는 원인이 되었지요. 대기 오염이 심해지고 지구 온난화가 빠르게 진행되면서 지구의 기후도 크게 변하고 있어요. 오래전부터 지구의 기후는 아주 천천히 변해 왔지만, 온난화로 인해 급격하게 변하면서 세계 곳곳에서 폭염, 폭설, 폭우, 산불 같은 재난이 더 커지고 많아졌어요.

지구가 따뜻해지면 춥지 않아서 좋은 게 아닌가 하고 생각할 수도 있어요. 하지만 지구의 평균 기온이 올라가면 시베리아 영구 동토층이 녹아 그 속에 묻혀 있던 메탄가스가 방출되어 온난화 속도가 더 빨라질 수 있어요. 극지방의 빙하가 녹으며 해수면이 상승해 바닷물에 잠기는 나라가 생기고요. 사람들은 살기 위해 어디론가 이사를 가야 하고, 동물과 식물도 기온이 상승해 환경이 급격히 바뀌면 적응하지 못하고 멸종하게 되지요.

온실가스가 적을 때

온실가스가 늘어날 때

관찮아, 우리 지구!

되고 있는 게 문제지. 지구의 평균 기온이 지금보다 1.5도만 더 올라가도 지구에는 큰 이상이 올 수 있대. 앞으로 10년 안에 멸종하는 동물도 많아질 거고, 사람이 먹을 식량이 부족해질 거로 예측하는

TIP 13 왜 1.5도가 위험한가요?

지구의 기온은 빙하기 이후 1만여 년 동안 5℃ 높아졌어요. 하지만 화석 연료를 사용하기 시작한 산업화 이후 1.2℃ 높아졌고, 2000년대에 들어서 가파르게 높아지고 있어요. 지구의 온도가 천천히 올라갈 때는 환경의 변화에 맞춰 동물도 식물도 적응해 왔어요.

하지만 과학자들은 지금처럼 온난화 속도가 빠르면 앞으로 10년 안에 100만 종의 동물이 지구에서 영원히 사라질 거라고 경고했어요. 1988년 'IPCC(기후 변화에 관한 정부 간 협의체)'가 설립되어 전 세계 과학자들이 모여 온실가스를 줄여야 한다고 목소리를 높였어요. 2015년 파리 기후 변화 협정에 세계 195개 나라가 참여하여 산업화 전과 비교해 지구의 온도를 2℃ 아래로 유지하고, 1.5℃ 아래로 낮추자고 약속했지요. 2℃가 올라가면 20억 명의 사람들이 물 부족으로 힘들어하고, 세계 여러 나라의 바닷가 도시들이나 섬나라는 물에 잠길 수 있어요. 식량 생산에도 문제가 생기고, 지구에 사는 생물의 20~30%가 멸종할 수 있대요.

2018년 IPCC는 1.5℃ 이하로 억제하기 위해서 2050년까지 전 지구적으로 이산화 탄소 순 배출량이 '0'이 되는 '탄소 중립'을 달성해야 한다고 제시했어요. 이는 온실가스 배출을 최대한 줄이고, 탄소를 배출한 만큼 다시 흡수하거나 제거하여 이산화 탄소 순 배출량이 '0'이 되도록 하는 것이에요. 탄소 중립을 달성하려면 화석 연료 사용을 줄이고, 습지, 숲을 복원하고 나무를 심어 이산화 탄소를 흡수하도록 해야 해요.

〈탄소 중립〉

과학자들도 있어."

"무시무시하네. 근데 짱 누나, 궁금한 게 있어. 기후 변화, 기상 이변, 지구 온난화가 문제라는 건 잘 알겠어. 하지만 원인은 정확하게 모르겠어. 지금까지 배운 다른 환경 문제랑 다 관련 있는 것도 같고. 솔직히 그냥 두면 어떻게 되는지도 아리송해. 사람의 힘으로 막을 수는 있는 거야?"

바다가 다시 물었다.

"음, 한마디로 대답하기는 어렵지만 한 가지는 확실해. 사람이 만든 재앙이니 사람이 막을 수 있지. 아니, 막아야 해. 그럼, 바다의 질문에 대한 답을 찾으러 가 볼까?"

신재생 에너지 체험관에 가다

그린짱과 환경 클럽 아이들이 도착한 곳은 신재생 에너지 체험관이었다. 아이들은 곧장 신재생 에너지의 등장과 발전 과정을 체험하는 전시관으로 뛰어갔다. 차를 타고 오는 동안 스마트폰 검색으로 그곳이 게임 형식으로 구성되어 있다는 걸 알았기 때문이다. 아

괜찮아, 우리 지구!

이들은 게임에 푹 빠져 전시관을 떠날 생각을 하지 않았다. 그린짱이 잠시 아이들을 불러 모았다.

"얘들아, 답은 찾았니?"

"아직 답은 못 찾은 것 같지만, 하나는 확실하게 알았어. 오늘 설치한 태양광은 재생 에너지야. 우리가 지금까지 주로 쓰는 석탄, 석유, 천연가스는 한 번 쓰면 없어져 재생할 수 없는 에너지래. 반대로 태양, 물, 바람 같은 에너지는 자연의 힘으로 만들고, 다시 만들어 쓸 수 있어 재생 에너지라고 한대."

바다가 뿌듯한 표정을 지었다.

"물을 이용한 수력, 바다의 밀물과 썰물을 이용한 조력, 태양을 이용한 태양열과 태양광, 땅의 열에서 에너지를 얻는 지열, 바람의 힘으로 에너지를 얻는 풍력, 옥수수나 퇴비를 이용한 바이오 에너지!"

"수소 에너지와 연료 전지 같은 신에너지도 있지! 그래서 그 둘을 합쳐서 신재생 에너지라고 부르는 거야."

강이와 하늘이도 질세라 차례로 대답했다.

"와, 정확하게 이해했는걸. 그럼 다음 장소로 가서 답을 더 찾아볼까? 거기도 여기만큼 재밌을 거야."

그린짱과 아이들은 인류가 에너지를 어떻게 사용해 왔는지 기록

한 전시관으로 이동했다.

18세기 후반 영국에서 시작된 산업 혁명 이후 석탄을 사용해 움직이는 기계와 증기 기관이 발명되고, 그 뒤 전 세계적으로 산업이 발달하면서 석유와 석탄 같은 화석 연료를 많이 쓰게 되었다.

사람들의 삶은 점점 편해졌지만, 환경은 점점 나빠지기 시작했다. 공장에서 생산하는 물건이 많아지고, 세계 곳곳으로 물건이 이동하면서 화석 연료 사용이 늘었다. 전자제품 사용이 많아지면서 전기 사용이 늘어나 화력 발전소가 많아졌다. 화석 연료를 태워 물건을 만들고, 전기를 생산해 집집으로 보내는 동안 이산화 탄소 같은 온실가스가 뿜어져 나와 지구 온난화가 심각해진 것이다.

화석 연료로 인한 환경 오염 문제가 심각해지자 원자력 발전이 대안으로 떠올랐다. 화석 연료와 비교할 때 원자력 에너지는 전기를 생산할 때 탄소 배출을 하지 않으니, 공기를 오염시키지 않는 친환경 에너지라고 주장하는 이들도 있다.

강이가 다시 안내문을 읽다가 의아한 표정을 지었다.

"아니, 원자력이 친환경이야? 한번 사고가 나면 어마어마한 피해를 남기는데. 방사능이 유출되면 자기 나라뿐 아니라 다른 나라에까지 민폐를 끼치잖아."

"그러니까 말이야. 일본의 후쿠시마 원자력 발전소 사고로 우리나라 바다까지 위험해졌잖아. 우리 쓰레기 박물관 갔을 때 본 거 기억나? 폐기물에서 방사능이 사라지는 데 삼백 년이 걸리고, 아무리 깊이 묻는다고 해도 절대 사라지지 않는 가장 위험한 쓰레기라고 적혀 있었어."

바다도 분노했다.

"야, 업사이클링 박물관이거든. 아무튼 원자력이 탄소 배출을 하지 않으니 안전하고 깨끗하다는 주장은 정답으로 볼 수 없어."

하늘이가 손가락을 휘휘 저으며 말했다.

"맞아. 원자력은 친환경 에너지라고 볼 수 없어. 그리고 원자력의 원료인 우라늄 광석을 캐고 가공하는 과정, 발전소를 짓는 과정, 폐기물 처리 비용까지 따지면 결코 싸거나 안전하지 않아. 그래서 유럽은 체르노빌 사고 이후 원전을 금지한 나라도 있어."

그린짱의 말에 강이가 체르노빌 사고를 다룬 동화책을 읽었다며 아는 척을 했다.

괜찮아, 우리 지구!

체르노빌 원자력 발전소 폭발 사고

그린짱은 아이들을 어두컴컴한 방으로 데리고 갔다. 자리에 앉은
뒤 영상 재생 버튼을 누르자, 체르노빌 원자력 발전소가 폭발한 뒤

TIP 14 　신재생 에너지 종류와 에너지 전환

원자력 발전의 위험성을 깊이 느낀 여러 나라들은 신재생 에너지를 적극적으로 개발하고
있어요. 신재생 에너지는 신에너지와 재생 에너지를 합친 말이에요. 독일과 스페인은 신재
생 에너지의 비중이 절반이 넘고, 중국, 미국, 인도, 일본도 신재생 에너지의 비율을 높이겠
다고 발표했어요.

태양에너지 　태양 광선, 즉 햇빛의 힘으로 에너지를 얻어요. 가정집이나 마트, 가로등의 전
력 등 우리 생활 가장 가까이에서 접할 수 있는 에너지예요.

풍력에너지 　바람의 힘으로 에너지를 만들어요. 바람이 많이 부는 해안이나 높은 산에 설치
해요. 큰 바람개비처럼 생겼어요.

수력에너지 　댐을 만들어 높은 곳에 물을 모았다가 낮은 곳으로 흘려 보내며 에너지를 만들
어요. 하지만 댐을 만들면서 환경을 해칠 수 있어요.

해양에너지 　바다의 밀물과 썰물을 이용해서 얻는 조력에너지, 바닷물이 세게 흐르는 곳에
설치한 조류에너지 등이 있어요.

지열에너지 　지구의 깊은 땅속에 있는 마그마나 뜨거운 물의 힘으로 만드는 에너지예요. 주
로 화산 활동이 활발한 지역에서 유용하게 쓸 수 있어요.

폐기물에너지 　가정이나 공장, 건축 현장 등에서 나오는 폐기물을 태워서 얻는 에너지예요.
쓰레기 매립을 줄이는 방법이에요.

바이오매스에너지 　옥수수, 유채꽃 등의 식물에서 얻는 에너지예요.

수소에너지 　스스로 타는 성질이 있는 수소가 다른 물질과 만나 폭발할 때 얻는 에너지예
요. 친환경 에너지로 주목받고 있어요.

와 지금의 모습까지 이어져 나왔다. 아이들은 숨을 죽이고 화면에
집중했다.

1986년 4월 26일 소련(지금의 우크라이나 지역)의 체르노빌 원자력 발전소에서 사고가 발생했다. 이날 발전소의 직원들은 원자로 실험을 준비하고 있었다. 새벽 1시 23분 실험이 시작되고 채 1분도 되지 않아 원자로에 이상이 생겨 폭발했다. 직원들은 그 자리에서 목숨을 잃었다.

사고가 일어난 뒤 31명이 사망했다. 날이 갈수록 사망자가 늘어, 총 9천여 명에 다다랐다. 화재 진압을 위해 출동한 소방관들도 방사성 물질 누출로 부상을 입었다.

열흘 동안 방사성 물질이 주변으로 퍼져나갔다. 근처에 살던 수십만 명이 먼 곳으로 이사해야 했다.

방사능에 누출된 사람들은 암, 백혈병, 갑상선 질환 같은 병을 앓기 시작했다. 배 속의 아이가 죽거나 기형아로 태어나는 등 사람들이 겪는 고통은 말로 다 할 수 없었다.

방사능은 바람을 타고 유럽의 다른 나라들까지 이동했다. 영국, 프랑스, 독일은 물론 스웨덴이나 핀란드, 덴마크 등에서도 방사능 수치가 높게 검출되었다.

이 사고를 계기로 독일을 비롯한 유럽의 여러 나라들이 원자력 발전을 중지하기로 했다.

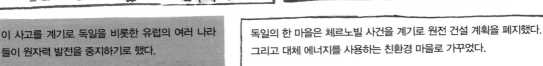

독일의 한 마을은 체르노빌 사건을 계기로 원전 건설 계획을 폐지했다. 그리고 대체 에너지를 사용하는 친환경 마을로 가꾸었다.

오스트리아도 원자력 발전소가 있었는데, 국민들이 투표를 통해 폐쇄하기로 했다.

원전은 당장 중단해야 해!

40여 년이 지난 지금, 체르노빌은 다시 나무와 풀이 자랐다. 하지만 여전히 사고의 흔적이 남아 있으며 사람과 동물이 살 수 없는 지역이다.

"체르노빌 사고는 끝난 게 아니네. 지금까지 아무도 살지 못하는 곳이잖아."

바다가 화면을 보며 중얼거렸다.

"진짜야. 알면 알수록 원자력 발전은 화석 연료를 대신할 수 없어. 기후 변화를 막으려면 신재생 에너지를 많이 생산하는 게 가장 좋은 방법일 것 같아."

하늘이 목소리에도 걱정이 가득했다.

"세계 곳곳의 많은 사람들이 원자력 발전소 건립에 반대하는 목소리를 높이고 있어. 화석 에너지나 원자력 에너지를 대신할 에너지를 찾는 나라, 신재생 에너지 개발에 힘쓰는 나라가 많아지고 있지. 우리나라도 오래되어 낡은 발전소는 폐쇄하고, 사용 중인 원자력 발전소는 예정된 때까지만 가동하기로 했지만, 원자력 에너지가 필요하다는 사람들도 있어서 어려움을 겪고 있어. 그럼에도 불구하고 미래에는 신재생 에너지 비중을 크게 늘여 나가야 한다는 것에 대부분이 공감하고 있지."

"그건 정말 다행이다."

그린짱의 말에 하늘이 표정이 조금 밝아졌다.

"진짜 다행이다. 미세먼지나 쓰레기, 플라스틱 문제는 우리가 노력할 수 있는 게 있었잖아. 방사능 쓰레기는 우리가 어쩌지도 못하는데 너무 오랫동안 사라지지 않으니까 답답하고, 강이 말처럼 결국 지구 멸망만 남은 건가 불안했어."

바다가 강이가 입에 달고 살던 멸망론을 꺼내 들었다. 그런데 강이가 의외의 말을 던졌다.

"에너지에 대해 알게 된 걸로 지구를 지키는 첫걸음을 시작한 거 아닌가? 미세먼지도, 쓰레기도, 미세 플라스틱도 기후 변화도 배운 대로 실천하면 되잖아. 우리가 할 수 있는 게 생긴 거 같은데?"

그 말에 그린짱이 빙고를 외쳤다.

"드디어 답을 찾았구나! 강이가 한 말을 한마디로 정리하면 '탄소 발자국 줄이기'야."

"탄소 발자국 줄이기?"

그린짱이 차근차근 설명을 이어갔다.

"사람이 걸을 때 발자국이 찍히는 것처럼 우리가 먹고, 자고, 공부하고, 일하고, 노는 삶의 모든 과정에서 이산화 탄소가 발생해. 인간의 활동으로 배출되는 이산화 탄소의 총량이 바로 탄소 발자국이야. 예를 들면 스마트폰이나 컴퓨터와 같은 디지털 기기를 사용할 때도 이산화 탄소가 발생해."

"진짜?" 삼총사가 동시에 외쳤다.

"배터리를 충전하고, 인터넷을 쓰고, 전기제품 전원을 켜 둔 상태로 두면 전기가 계속 쓰이기 때문이야. 이메일을 지우지 않는 것도 데이터 센터의 전기를 계속 쓰기 때문에 전력 소비가 생기지. 이메일 한 통이 약 4그램의 온실가스를 배출하거든. 그래서 불필요한 메일을 정리하고, 스팸메일을 차단하고, 스마트폰과 컴퓨터를 덜 쓰고, 절전 모드로 화면 밝기를 낮추는 것만으로도 탄소 발자국을 줄이는 효과가 있어."

"와, 나 읽지 않은 메일이 999+인데 그럼 얼마를 배출하고 있는 거야? 당장 지워야겠다."

스마트폰을 만지작거리던 바다가 소리쳤다.

"좋은 생각이야. 물론 자연에서도 이산화 탄소가 발생하고, 지금 우리 생활에서 아무것도 사지 않거나, 전기를 사용하지 않는 생활로 돌아가자고 하는 건 어려워. 다만 쉽게 사고 쉽게 버리는 소비 생활을 바꾸려는 노력은 필요해. 특히 석유로 만드는 플라스틱 제품은 생산할 때 이산화 탄소도 발생시키지만, 쉽게 쓰고 버려 쓰레기 문제를 일으키고 있잖아."

"그럼 어떡해야 할까?"

고개를 끄덕이며 듣던 바다가 걱정스럽게 물었다.

"난 알 것 같아. 꼭 필요한 물건만 사고, 이미 산 물건은 오래 쓰면 공장에서 물건을 덜 만들게 되겠지. 그러면 불필요한 에너지 생산이 줄어들고 이산화 탄소 발생도 줄어들게 되는 거 아닐까? 그린짱, 맞지?"

강이의 깔끔한 정리에 그린짱이 감탄했다.

"정확해. 물건을 버렸을 때 처리하면서 생기는 이산화 탄소 발생도 줄어들게 되고. 결국 미세먼지를 줄이려는 노력, 쓰레기를 줄이고 분리 배출하는 노력, 플라스틱 사용을 줄이는 노력이 다 기후 변화를 막는 노력으로 모인다는 사실, 이제 알겠지?"

"응, 알겠어. 일상생활에서 실천하는 에너지 절약이 결국 나의 탄소 발자국을 줄이는 것이고, 환경을 지키는 노력이 되는 거야."

하늘이가 자신 있게 말했다.

"꾸준한 관심과 작은 실천! 생활 습관을 바꿔서 기후 변화를 막는 것 역시 우리가 할 수 있는 거야. 자신감이 생기는데?"

바다가 엄지를 척 세웠다.

"탄소 발자국 줄이기 당장 실천! 오늘 집에 가서 태양광 모듈을 설치하자고 말할 거야."

강이의 외침에 하늘이도 바다도 힘껏 고개를 끄덕였다.

TIP 15　탄소 발자국

탄소 발자국이란 사람이 활동하거나 물건을 만들고, 소비하는 과정에서 발생하는 온실가스, 그중에서도 이산화 탄소의 총량을 말해요. 2006년 영국의 과학자들이 처음 쓴 말인데요, 제품을 생산할 때 발생되는 이산화 탄소의 총량을 탄소 발자국으로 표시했어요.

탄소 발자국은 무게 단위인 kg 또는 나무를 심어 줄일 수 있는 이산화 탄소의 양으로 표시해요. 우리나라도 2009년부터 제품의 제작, 유통, 소비 과정에 걸쳐 발생하는 이산화 탄소 배출량을 제품에 표기하고 있어요. 예를 들어 여러분이 슈퍼에서 산 감자 과자 봉지에 탄소 발자국이 564g이라고 표시되어 있다면 감자를 농사지어 운반하여 과자를 만들고 가게로 배달한 다음 여러분이 먹고 나서 쓰레기를 버리는 과정까지 탄소가 총 564g 배출된다는 뜻이에요.

즉, 외국에서 수입한 식품보다 우리나라에서 생산된 농산물을 이용하고, 육식을 줄이고, 친환경 제품을 구매하고, 에너지를 아끼고, 나무와 숲을 가꾸는 것 모두 탄소 발자국을 줄이는 길이에요.

괜찮아, 우리 지구!

▶ 믿거나 말거나 미래 이야기 4

미래에는 신재생 에너지가
기후 변화를 막아낼까?

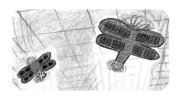

희망적인 이야기를 해 줄게. 2050년까지 탄소 중립을 이루겠다는 약속이 지켜지고 있어. 화석 연료 사용은 점차 줄고 있고, 원자력 발전소는 가동을 멈추고 있지. 그와 반대로 신재생 에너지의 비중이 늘어났어. 과학자들의 연구 덕에 신재생 에너지의 가장 큰 약점이었던 에너지 효율도 높아졌어.

신재생 에너지가 원자력이나 화력 발전을 대체하기 위해서는 나라의 정책도 중요한데, 많은 나라에서 친환경 연료를 사용하는 자동차에 대해서 세금을 낮춰 주고, 보조금을 주는 정책을 더 강화했어. 기업에서는 에너지 효율이 높은 재생 에너지 개발에 힘을 썼지. 그리고 그 기술을 저소득 국가에도 제공하는 훈훈한 일이 세계 곳곳에서 일어났다는 거 아니겠어?

또 하나는 친환경 건축 설계 방식을 적용하는 법이 생겼다는 거지. 건물이나 집을 지을 때부터 이산화 탄소 발생을 줄이고 에너지 효율을 높일 수 있는 '패시브 하우스', '액티브 하우스'가 점점 많아졌어. 패시브 하우스는 집을 지을 때 열이 밖으로 새어 나가지 않도록 단열 처리를 잘해서 에너지를 아끼는 것이고, 액티브 하우스는 태양에너지나

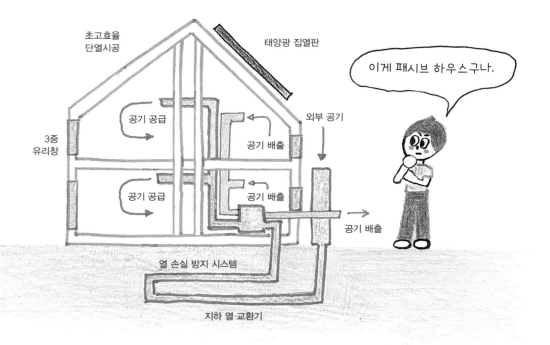

지열에너지 등을 이용해 집 자체에서 에너지를 만들어 난방이나 온수에 사용하도록 설계하는 거야.

   사람들의 생활 습관도 에너지를 줄이는 방향으로 점차 개선되었지. 기술 발전과 사람들의 노력으로 지구 온난화 속도는 조금씩 늦춰지고 있어. 그러니 지금 실천하는 탄소 발자국 줄이기, 잊지 마. 그 노력이 너희가 만날 미래의 환경을 더 낫게 이끌어 갈 테니 말이야.

마지막 미션

탄소 발자국 줄이기 # 삼총사의 실천 # 우리가 무엇을 하느냐에 달렸어!

　여름이 시작되려는지 바람마저 후끈했다. 모처럼 미세먼지도 없는 맑은 일요일 한낮, 삼총사가 환경 클럽으로 속속 모여들었다. 가장 먼저 도착한 바다가 테이블에 뭔가 잔뜩 늘어놓고 궁리 중이었다. 얼마 전 그린짱이 남긴 미션 때문이다.

　오랜 시간 사람들을 힘들게 했던 전 세계적인 팬데믹이 종식되고 일상을 찾아가자 그린짱은 또 훌쩍 떠났다. 지난주 일요일 밤에 그린짱이 갑자기 아이들을 부르고는 미션을 던져 주었다. 자신은 새로운 아이템을 사러 급히 다녀올 데가 있다며, 돌아올 때까지 환경 클럽을 잘 지키라는 말과 함께. 그동안 그린짱을 겪은 아이들은 그럼 그렇지, 하는 표정이었지만 짱의 미션은 귀담아들었다.

　땡그랑, 풍경 소리와 함께 강이의 툴툴거리는 목소리가 들렸다.

괜찮아, 우리 지구!

"이 좋은 날, 우리가 왜 여기 모여야 하냐고. 축구나 하러 가면 딱 좋은데."

"야, 왔으면 불평하지 말고 들어가지?"

하늘이가 강이의 등을 떼밀었다. 아이들은 곧 테이블에 둥글게 모여 앉았다.

"짱이 말한 걸 조사하다 보니까 그동안 누군가 하겠지, 어른이 되면 해야지 생각했던 것들을 우리도 지금부터 할 수 있겠다는 생각이 들었어."

하늘이의 말에 강이가 고개를 끄덕이며 대답했다.

"이대로 아무것도 안 한다면 당연히 지구가 멸망하겠지만, 환경을 생각하는 사람이 늘어난다면 지구 멸망을 늦출 수 있겠지."

"그래서 우리가 모인 거 아니냐."

그동안 가장 시큰둥했던 바다가 이번 미션은 가장 적극적이었다. 마지막 날 그린짱이 미션을 줄 때만 해도 책임감 없이 우리에게 다 미뤄 두고 떠난다는 둥, 요만큼 배웠다고 우리가 뭘 할 수 있겠냐는 둥 불평이 많았지만, 바다는 단톡방에서 날마다 미션을 체크하며 열심이었다. 평소 바다를 잘 아는 강이와 하늘이는 깜짝 놀랐다.

그린짱의 마지막 미션은 탄소 발자국을 줄일 수 있는 방법을 찾아 실천하고, 사람들에게 알리는 것이다. 삼총사는 탄소 발자국 줄이기 실천 포스터를 만들어 빌라 게시판에 붙이기로 했다. 다달이 포스터를 새롭게 만들어 관심을 불러일으킬 계획이다. 포스터 내용을 카드 뉴스로 만들어 SNS에 올리고, 삼총사의 활동을 촬영해서 유튜브에 올려 홍보하기로 했다. 이 모든 활동을 학교 SNS에도 올려 달라고 요청해서 더 많은 아이들의 참여를 이끌어 내기로 했다.

미션을 수행하는 동안 그린짱과 환경 클럽 삼총사의 단톡방은 날마다 시끌벅적했다. 그러는 사이 계절은 바뀌어 선선한 가을로 접어들었다. 아이들은 마지막 미션을 완성한 뒤, 단톡방에 인증 사진을 올렸다. 잠시 뒤 그린짱의 메시지가 도착했다.

그린짱
와, 삼총사 정말 멋있는걸?
역시 너희를 1기 회원으로 뽑은 내 눈이 정확했어!

강이
훗, 이 정도는 식은 죽 먹기지.

그린짱
직접 해 본 소감이 어때?

바다
우리도 할 수 있는 게 있더라고. 우리가 자꾸 얘기하고
지구를 위해 뭔가 행동하면 분명 더 좋아지겠지.

하늘
짱이 그랬잖아.
지금 우리가 무엇을 하느냐에 달려 있다고.
처음엔 무슨 소리야 하고 이해가 안 됐지만,
조금은 알겠어.
어른들이 할 수 있는 건
어린이도 할 수 있는 거더라고.

그린짱

새로운 시도가 실패할 수도 있고, 완벽하지 않을 수도 있어.
하지만 포기하지 않고 자꾸 뭔가 하다 보면
어느 날 확 달라진 미래를 만날 수 있을 거야!
옛날에 누가 상상했겠어?
전기로 자동차가 움직이고, 플라스틱이 분해되어 사라지고,
옥수수로 에너지를 만든다고 말이야.
그런데 그게 실제로 이루어지고 있잖아!

강이

우리가 알게 된 걸 자꾸 이야기하고,
다른 사람들도 함께 할 수 있도록 알려 주는 것이 중요해.
환경을 걱정만 하는 사람이 아니라
실천하는 사람이 되는 거지!

바다

미세먼지가 심해지고, 쓰레기 문제가 생기는 게
다 화석 연료와 관련 있다는 것,
그래서 기후 변화가 생겼다는 사실을
아직 모르는 사람도 있을걸?
내가 그거 다 알려 줄 거야.
딱 기다려.

괜찮아, 우리 지구!

하늘

탄소 발자국 줄이는 방법을 더 널리 퍼트리는 것!
내 목표는 그거야.

그린짱

역시 삼총사, 척하면 척이야.
그리고 편리한 생활을 위한 기술도 좋지만,
더 오래, 더 많은 사람들이 안전하고 깨끗한
환경에서 살아갈 기술을 개발하는 게
더 필요한 세상이 되었어.
앞으로도 너희가 그런 걸 계속 생각하면 좋겠다.
그러면 지구는 괜찮아질 거야.

강이 하늘 바다

맞아, 지구는 괜찮을 거야!

탄소 발자국을 줄이기 위한
사소하지만 중요한 실천

* 나무 심는 효과 : 온실가스 감축량을 흡수하는 데 필요한 나무 수.
* 30년생 중부 지방 소나무 기준, 연간 이산화 탄소 흡수량 9.1kg 기준.
* 국내 가정 10%가 참가할 경우를 기준하여 연간으로 계산. (환경부 발표)

1. 소비 습관 바꾸기

실천 수칙	나무 심는 효과
음식물 쓰레기 줄이기	2,446,703그루
저탄소 제품 구매하기	1,479,451그루
저탄소 인증 농축산물 이용하기	785,275그루
우리나라, 우리 지역 식재료 이용하기	74,425,495그루
과대 포장 제품 안 사기	–
재활용하기 쉬운 재질 · 구조로 된 제품 구매하기	–
업사이클링, 재활용 제품 이용하기	–
중고제품 이용하고 안 쓰는 제품은 나눔 하기	–

2. 에너지 아끼기

실천 수칙	나무 심는 효과
☐ 난방 온도 2℃ 낮추고 냉방 온도 2℃ 높이기	38,292,527그루
☐ 전기밥솥 보온 기능 사용 줄이기	32,576,154그루
☐ 냉장고 적정 용량 유지하기	15,091,978그루
☐ 물은 받아서 사용하기	4,476,593그루
☐ 텔레비전 시청 시간 줄이기	4,173,187그루
☐ 세탁기 사용 횟수 줄이기	1,075,385그루
☐ 창틀과 문틈 바람막이 설치하기	31,749,780그루
☐ 가전제품 대기전력 차단하기	18,710,110그루
☐ 고효율 가전제품 사용하기	18,710,110그루
☐ LED 조명으로 교체하기	57,340,110그루
☐ 자동차 대신 대중교통 이용하기	56,677,692그루
☐ 가까운 거리는 걷거나 자전거 이용하기	10,810,989그루

3. 재활용 잘하기

실천 수칙	나무 심는 효과
☐ 재활용을 위한 분리배출 실천하기	50,072,198그루
☐ 종이타월, 핸드 드라이어 대신 개인 손수건 사용하기	14,794,066그루
☐ 장바구니 이용하고 비닐 사용 줄이기	6,771,099그루
☐ 일회용 컵 대신 다회용 컵 사용하기	1,991,538그루
☐ 물티슈 덜 쓰기	1,251,758그루
☐ 음식 포장 시 일회용품 줄이기	625,934그루
☐ 인쇄 시 종이 사용 줄이기	546,264그루
☐ 청구서, 영수증 등의 전자적 제공 서비스 이용하기	364,176그루

4. 나무 심기

실천 수칙	이산화 탄소 흡수량
☐ 내 나무 갖기 캠페인 등의 나무 심기 운동 참여하기	약 46톤
☐ 기념일에 내(가족) 나무 심어 보기 (가구 참여 50% 기준)	약 95,000톤

우리 집 탄소 중립 생활 실천 계획 세우기

구분	우리 집 실천 계획
1. 전기 사용	
2. 난방, 가스레인지 사용	
3. 자동차 이용	
4. 수도 사용	
5. 음식물 쓰레기	
6. 일회용품 사용	
7. 기타 실천 사항	

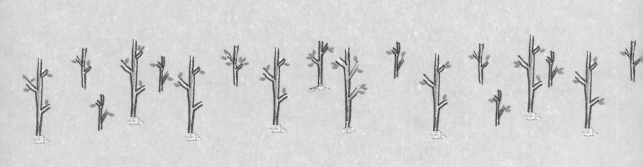